Investigations

DU MÊME AUTEUR

Les pillards de Bagdad. Éditions de l'Archipel, 2003
Retraite anticipée. Fleuve Noir, 2003
Colonia tranquilidad. Moisson rouge. Éditions Noesis-Agnès Vienot, 2002
La confiance règne, Série noire, Réédition Folio Gallimard, 2002
Dernier tango à Buenos Aires. Actes Sud, 2000
Bugs, Calmann-Lévy 1999. Réédition Folio Gallimard, 2001
Balles de charité, Série noire/Gallimard, 1990. Réédition Folio 2000
Riot Gun, Série noire/Gallimard, 1989. Réédition Folio Gallimard, 2000

www.lemasque.com

information était parvenue jusqu'à lui, elle ne l'aurait sans doute pas dissuadé de griller ses deux paquets quotidiens. Il estimait, avec une certaine lucidité, avoir bien davantage de chances de mourir de mort violente. Sa situation professionnelle le prédisposait en effet à recevoir un mauvais coup.

Casado avait été contacté par téléphone une semaine plus tôt par un personnage dont il ignorait l'identité. Celui-ci l'avait invité à se rendre dans la chambre 301 de l'hôtel Hilton Saint-Jacques, sans lui donner davantage de précision. Il y avait trouvé une enveloppe contenant la photo d'Ochoa, son adresse, divers renseignements le concernant, le mot de passe pour le convaincre d'ouvrir sa porte et dix mille dollars en billets de cinq cents. Aucune autre précision n'était nécessaire pour qu'il comprenne la nature du travail qui lui était proposé. La procédure pouvait varier, mais le principe restait le même : prendre l'argent revenait à accepter le contrat. Le montant total était payable à la commande. Il ne travaillait pas autrement, mais il ne lui serait pas venu à l'idée de filer avec le fric sans remplir sa mission. Ces choses-là ne se font pas. Il n'avait pas hésité un instant car il avait déjà tué pour un salaire beaucoup plus modeste, et même gratuitement, sur un coup de sang, comme cet ouvrier agricole ivre qu'il avait lardé de coups de couteau à la sortie d'un bar de la rue San-Antonio pour avoir insulté Zamora, star du onze chilien. Mais ça remontait maintenant à plus de dix ans et il s'était un peu calmé, il ne gaspillait plus son savoir-faire.

Il avait donc empoché l'enveloppe et embauché Soriano pour lui servir de chauffeur. Il ne partageait pas ses inclinations sexuelles, mais il appréciait ses compétences, son sang-froid et sa discrétion.

Quand on travaillait avec Soriano, on oubliait très

vite qu'on avait affaire à un *maricón*[4]. Quand le boulot était terminé, il allait se déguiser en drag queen et lever des mecs pour se faire mettre, mais c'était son problème. Il ne touchait jamais à la drogue pendant l'action, ne posait jamais de question, ne discutait jamais le montant de sa rémunération une fois celle-ci fixée, en l'occurrence trois mille dollars – Casado estimait normal de conserver la part la plus importante, car il avait des responsabilités et des frais, en particulier l'achat du pistolet-mitrailleur qu'il s'était procuré par l'intermédiaire de trafiquants bosniaques et dont il s'était débarrassé dans une bouche d'égout. Soriano avait proposé de le jeter dans un container de la ville de Paris utilisé comme décharge, mais Casado s'y était opposé.

– Il ne faut pas faire ça, il y a des gosses qui fouillent là-dedans.

– Je ne comprends pas, tu m'as dit que le flingue était déchargé.

– On ne sait jamais...

Il se flattait de respecter certaines valeurs : la famille, l'enfance. Non qu'il fût cul béni – il ne mettait jamais les pieds dans une église –, mais il avait des principes. D'ailleurs il expédiait régulièrement des gros mandats à sa mère qui vivait toujours au Chili, à Nunoa, quartier paisible et relativement aisé de Santiago, ce qui représentait une ascension sociale significative pour une femme qui avait longtemps habité une cahute de planches mal jointes.

Les deux tueurs rentrèrent tout simplement en métro, chacun de son côté. Avant de se séparer, dans le couloir de la station Stalingrad, car ils prenaient

4. Pédé.

des directions différentes, ils frappèrent l'une contre l'autre les paumes de leurs mains droites, sans prononcer une parole. Une opération rondement menée. La routine.

3

Nicole Sarlat arriva à Paris un mois après l'assassinat de Enrique Ochoa. Elle descendit du TGV en provenance de Lyon-Genève chargée d'un petit sac à dos, d'une mallette contenant un ordinateur portable et d'une assez lourde valise. Sanglée dans un vieil imperméable, chaussée de mocassins à talons plats, coiffée d'un bonnet qui dissimulait ses mèches blondes et maquillée à la va-vite, elle attirait peu les regards masculins ce jour-là, mais elle savait pouvoir se rendre séduisante, bien qu'elle portât un jugement lucide sur son physique. Elle estimait avoir les jambes trop courtes et trop maigres, les seins trop petits et le cou trop long. En revanche, elle était fière de sa bouche aux lèvres charnues et bien équilibrées, de son petit nez droit et de ses fesses rondes et musclées qui faisaient merveille sous un jean moulant ou mieux encore un caleçon. Quant à ses yeux, trop ronds à son goût, un habile coup de crayon permettait de les allonger.

Elle fit rouler sa valise jusqu'à la file de voyageurs qui piétinaient devant l'arrêt des taxis. Ses moyens étaient limités, mais elle ne se sentait pas capable de se coltiner ses bagages dans le métro. Après un quart d'heure d'attente, elle monta dans une Mercedes verte dont les flancs vantaient le site Internet d'un marchand de gadgets. Le conducteur, un Chinois, lut l'adresse griffonnée sur la feuille de papier quadrillée et démarra. Il ne prononça pas une parole pendant tout le trajet. Ce silence convenait parfaitement à sa cliente. Celle-ci s'absorba dans la contemplation du paysage. Elle n'avait pas mis les pieds à Paris depuis près de deux ans. Les rues lui semblèrent tristes et sales. La capitale était grise, pluvieuse et polluée. Un trafic dense encombrait les grands axes. Le chauffeur emprunta des artères secondaires, mais il lui fallut tout de même quarante-cinq minutes pour atteindre la place des Fêtes. Le montant de la course s'élevait à vingt-deux euros et il en exigea cinq de plus pour la valise. Nicole, bien qu'elle le soupçonnât d'avoir effectué des détours inutiles dans le but de faire tourner le compteur, renonça à la réflexion qui la démangeait et lui abandonna encore trois euros de pourboire. Elle ne voulait pas avoir des relations désagréables, même très brèves, avec la première personne qu'elle rencontrait à Paris. Elle n'était pas superstitieuse et ne pensait pas qu'une petite algarade avec un taxi lui aurait porté malheur, rien de ce genre, mais les disputes la déprimaient.

Elle se retrouva au pied d'un bâtiment sans caractère de construction récente. Elle composa le code, qu'elle avait noté sur son carnet, et pénétra dans un hall froid surveillé par un gardien installé dans une cage vitrée. Le miroir de la cabine d'ascenseur était fêlé. Il lui renvoya l'image d'une fille aux yeux cernés qui lui déplut. Elle descendit au douzième étage où elle repéra immédiatement la porte d'Isabelle sur laquelle était scotchée une gouache représentant des bateaux. Il lui fallut néanmoins quelques minutes pour réussir à pénétrer dans le studio car trois serrures différentes en protégeaient l'accès et elle éprouva quelques difficultés à sélectionner les clés correspondantes dans le trousseau que lui avait fait parvenir son amie. L'appartement sentait le renfermé et était plongé dans l'obscurité. Le courant avait été coupé. Ignorant où se trouvait le compteur, elle abandonna ses bagages dans l'entrée pour aller ouvrir les fenêtres et les volets roulants. L'air humide pénétra dans une assez vaste pièce où elle découvrit un sofa avachi garni de coussins multicolores, une table de bois laqué blanc montée sur des tréteaux métalliques, des étagères constituées de cubes en bois blanc, une chaîne Hi-fi et un petit téléviseur posés sur la moquette. Sur la table, un mot était coincé sous un pot en grès contenant des crayons.

Salut ma vieille,

En principe, je rentre en juin. Tu peux donc garder l'appart jusqu' à mon retour.

– Fais attention au frigo, il n'y a pas de système de dégivrage automatique et tu risques l'inondation.

– Il faut que tu récupères Titor chez Mme Séguier, App 114, 11e étage, ascenseur B. Je lui ai promis que tu t'en occuperais, elle ne peut pas l'héberger plus longtemps.

– La fille de la voisine du dessus joue du piano. C'est assez pénible. N'hésite pas à monter l'engueuler quand elle fait ses gammes après vingt heures. Nous avons passé un deal : elle s'est engagée à ne pas jouer le soir. Surtout, ne tape pas au plafond ou sur les tuyaux des radiateurs. Des locataires se sont plaints au syndic à ce sujet.

– Attention : ferme les rideaux quand tu te déshabilles, il y a un voyeur qui espionne les gens à la jumelle dans la tour d'en face.

Bonne chance pour tes projets, et grosses bises.

Isa

Un réflexe poussa Nicole Sarlat à aller jeter un œil par la fenêtre. Elle scruta la façade de l'immeuble qui était censé abriter le voyeur. Les fenêtres étaient très nombreuses et toutes semblables. Comment Isabelle avait-elle pu repérer ce type ? Ensuite, elle alla inspecter le frigo que la propriétaire des lieux avait laissé vide et entrouvert. C'était en effet un très vieux modèle. Quand elle eut trouvé le compteur et rétabli le courant, ce frigo se mit à émettre un ronronnement qui évoquait celui d'un gros chat. Le chat ! Elle s'en serait volontiers passée, mais cette corvée faisait partie de l'accord conclu avec Isabelle. Elle décida de remettre au lendemain la visite à Mme Séguier. Elle entreprit de déballer ses affaires et de les ranger. Le studio ne comptait que deux placards, dont l'un était déjà encombré de frusques et de boîtes de chaussures – Isabelle se ruinait en chaussures –, et une petite commode placée dans la salle de bains. Quand elle voulut ouvrir le premier tiroir de ce meuble, la poignée lui resta entre les mains. Fort heureusement, elle avait emporté très peu de chose.

Nicole Sarlat n'avait pas quitté Genève sur un coup de tête, elle avait depuis longtemps l'intention de s'installer à Paris, mais sa décision avait été prise très vite. Dès qu'elle avait compris que sa rupture avec Georges était irrémédiable, elle avait pris ses dispositions. Plus rien ne la retenait, ni les quelques piges que lui donnaient des magazines de second ordre, ni ses parents avec qui elle s'était fâchée à cause de sa liaison avec Georges. Elle considérait sa mère comme une égocentrique qui ne s'intéressait qu'à ses vêtements, ses séances dans les instituts de beauté et la décoration de son appartement. Quant à son père, elle n'avait jamais eu d'atomes crochus avec lui. Il occupait un poste subalterne dans l'administration de l'antenne genevoise d'une grosse entreprise d'électronique. Quand il avait accepté cette mutation et quitté Nancy pour la Suisse, elle venait d'obtenir son diplôme et l'avait suivi dans l'espoir de réussir à se faire une place dans la presse de cette grande capitale, mais elle avait rapidement déchanté en découvrant que le monde des journalistes genevois était un milieu fermé, difficile à intégrer pour une jeune étrangère dépourvue de relations. Elle avait beaucoup ramé pour réussir à placer quelques papiers. C'est au cours de ces démarches qu'elle avait rencontré Georges qui lui avait fait miroiter une situation dans un média important pour la mettre dans son lit. Georges était secrétaire de rédaction d'une petite agence de presse, il avait pas mal de relations et aussi une femme et deux enfants – ce qui contribuait à expliquer le mécontentement de ses parents, très attachés aux conventions et aux apparences. Georges était un menteur et un lâche, qui n'avait pas plus quitté sa femme qu'il n'avait permis à Nicole d'obtenir un job à la hauteur de ses espérances. Quand elle l'avait compris, elle avait rompu sans faire d'éclat, elle trouvait les psychodrames ridicules. Peut-être soulagé par son départ, il ne lui avait pas non plus infligé de scène.

Cette aventure minable appartenait désormais au passé, et elle avait décidé de regarder vers l'avenir. Un de ses premiers gestes, après avoir déballé sa valise, fut de placer son ordinateur portable – son bien le plus précieux – sur la table, de brancher le cordon d'alimentation sur le secteur et le modem sur la prise téléphonique, et de vérifier que tout fonctionnait. Retrouver les icônes familières sur l'écran la réconforta. Elle consulta sa boîte aux lettres électronique et constata qu'elle avait trois messages. Aucun n'avait le moindre intérêt, néanmoins ils lui donnèrent le sentiment d'exister. Un sourire se dessina sur son visage.

À vingt-six ans, Nicole Sarlat était bien décidée à se faire une place au soleil.

4

À genoux sur la moquette, Pierre Gazier tirait sur la fermeture Éclair d'un gros sac de sport trop rempli quand retentit la sonnerie de son téléphone mobile. Il lui fallut quelques minutes pour trouver l'appareil que dissimulait une pile de paperasses.

– *Médiasport*, j'écoute.

Trop tard, son correspondant avait raccroché sans laisser de message. Par réflexe, Pierre continuait à annoncer le titre du magazine, bien que celui-ci ait cessé de paraître et que la SARL qui le publiait et dont il était le gérant ait déposé son bilan trois semaines plus tôt. La plupart de ses correspondants l'appelaient d'ailleurs pour des motifs professionnels, car beaucoup de gens ignoraient la disparition de ce modeste mensuel consacré aux équipements sportifs. Des attachés de presse le relançaient, des publicitaires s'inquiétaient de ses tarifs, des pigistes proposaient des sujets. Chaque fois, une pointe de nostalgie l'assaillait, non qu'il se figurât faire du grand journalisme, mais *Médiasport* était tout de même son bébé, il l'avait tenu à bout de bras pendant deux ans et en avait tiré de quoi subsister en attendant un hypothétique décollage d'abord, puis le rachat par un groupe de presse important. Mais, en dépit de démarches qui lui avaient demandé une énergie considérable, personne n'avait jugé l'affaire intéressante, de sorte qu'il lui fallait maintenant mettre la clef sous la porte. Encore heureux qu'il ne soit pas responsable des dettes du journal qui s'élevaient tout de même à cinquante mille euros. Son avocat l'avait rassuré : cette somme ne représentait qu'une goutte d'eau comparée aux trous laissés par la plupart des entreprises en dépôt de bilan, le syndic de liquidation expédierait son dossier en un quart d'heure. Personne n'aurait l'idée saugrenue de l'accuser de malversations ou de gestion frauduleuse : il ne se payait plus depuis des mois... Trouver un emploi devenait urgent. Cette expérience l'avait dégoûté de la presse et même des milieux sportifs, voire du sport qui avait constitué une de ses principales motivations pour se lancer dans cette aventure. Il allait changer d'air et de profession : un centre d'information consacré au bâtiment, qui avait son siège à Toulouse, lui proposait un poste de documentaliste – le premier métier qu'il avait exercé à la sortie de l'IUT. Le salaire était modeste, mais supérieur aux revenus qu'il avait tirés de son journal, en dépit d'horaires de travail déments, car il lui avait fallu tout faire lui-même, non seulement la rédaction et la mise en pages, mais la vente des espaces publicitaires qui aurait dû, selon ses calculs initiaux, assurer l'équilibre de l'entreprise...

Il alla placer le sac enfin bouclé près de la porte d'entrée, à côté de deux valises tout aussi remplies, puis jeta un regard circulaire sur le bureau pour s'assurer qu'il n'y avait plus rien à récupérer – le syndic de liquidation avait déjà mis la main sur le matériel informatique acheté au nom de la société. Il ne restait plus que des paperasses, des piles de revues, de brochures professionnelles et de catalogues qu'il entassa dans des cartons. Il jeta aussi toutes sortes de gadgets :

un briquet en forme de ballon de rugby, une statuette de footballeur utilisée comme presse-papiers, des taille-crayon, des stylos, des porte-clefs et des bouteilles de champagne vides d'une cuvée « spéciale coupe du monde ». Descendre ses bagages, les ranger dans sa voiture et aller jeter les cartons dans une benne verte, à l'angle de la place de la République, lui prit deux bonnes heures. Il était en nage. Constater qu'il laissait le local où il avait travaillé pendant trois ans dans un état impeccable lui apporta une petite satisfaction d'amour-propre : même s'il devait ne plus mettre les pieds ici et ne plus jamais rencontrer le propriétaire, il ne voulait pas passer pour un sagouin. Son éducation lui avait laissé des principes. Il n'aimait pas ces gens qui partent en laissant aux autres le soin de nettoyer leurs saletés. Après avoir vérifié qu'il ne restait plus le moindre bout de papier dans les tiroirs, ni même dans la corbeille, il passa l'aspirateur et donna un coup de chiffon au bureau et aux étagères car ce déménagement avait soulevé des nuages de poussière. Il verrouilla ensuite soigneusement la porte, mit les clefs dans une enveloppe renforcée, qui contenait déjà une brève missive destinée à la société qui lui avait loué le bureau, et alla glisser cette enveloppe dans la boîte aux lettres la plus proche. Avant de monter dans sa voiture, une petite Peugeot d'un modèle ancien qu'il entretenait avec soin, faute d'avoir les moyens d'en acheter une autre, il jeta un dernier regard vers la fenêtre du bureau, au quatrième. Il s'immobilisa un instant devant l'immeuble, partagé entre la nostalgie et la volonté de remettre les compteurs à zéro.

La sonnerie de son portable l'arracha à son spleen. Cette fois, comme s'il voulait souligner la rupture avec son passé, il se contenta de grommeler un « allô » résigné, tout en songeant qu'il devait résilier son abonnement ou changer de numéro s'il ne voulait plus être obligé de s'expliquer auprès de ses anciennes relations.

– Pierre Gazier ?

– Lui-même.

– Dominique Lubin. Je suis moi aussi journaliste. Je souhaiterais vous rencontrer...

– Vous tombez mal : je viens de mettre la clef sous la porte.

– Je n'ai aucun article à vous vendre. (Petit rire.) J'envisage de faire une enquête sur l'assassinat d'Ochoa. C'était votre voisin, n'est-ce pas ? Je voudrais juste vous poser deux ou trois questions.

– Désolé, mais j'ai dit tout ce que je sais à la police. C'est-à-dire rien. Et je n'ai vraiment pas le temps. Je quitte Paris. Au revoir, monsieur Lubin.

Il coupa la communication et rangea l'appareil dans la boîte à gants. Qui avait bien pu donner son numéro à ce type ? Ce renseignement ne devait pas être très difficile à obtenir. Pierre n'avait aucune envie de discuter de cette affaire avec ce Lubin. Voir mourir un homme sur son palier n'est pas une expérience dont on bavarde volontiers devant un verre. Quand le tueur avait abattu Ochoa, Pierre était en train de rédiger une annonce publicitaire pour un fabricant de ballons. Il se souvenait encore des mots qu'il tapait sur son Mac : « La Rolls du beach-volley » – difficile de trouver plus ringard, mais l'annonceur exigeait que cette accroche figure dans la page de publicité qu'il avait accepté de payer mille euros, la moitié du tarif officiel de *Médiasport*. Le réducteur de son avait étouffé les détonations, mais le cri de la victime avait fait sursauter Pierre. Il avait couru – assez stupidement, il en avait pris conscience ensuite – voir ce qui se passait de l'autre côté de sa porte, au risque de se trouver nez à nez avec le tueur et de subir le même sort que le malheureux politicien bolivien. Il s'était penché sur la rambarde de l'escalier et n'avait eu que le temps d'apercevoir un homme vêtu de sombre dont il avait remarqué les gants de cuir noir. La victime baignait dans son sang et agonisait en gémissant. Une partie de son visage avait été arrachée. Une vision de cauchemar. Par la suite, il s'était parfois demandé s'il avait vraiment vécu cette scène, qui évoquait une séquence d'un film d'horreur, ou s'il l'avait rêvée, tellement était brutale la rupture entre son univers quotidien et ce spectacle macabre. Il avait déjà eu l'occasion de voir des victimes de mort violente, des accidentés de la route, mais de très loin, de simples silhouettes allongées sur des brancards sur le bas-côté. Sur le coup, il n'avait pas éprouvé de nausée, le choc l'avait paralysé pendant quelques secondes, puis il avait couru dans son bureau pour téléphoner à police secours. Le plus dur avait été l'attente auprès de ce type qui se vidait de son sang : elle avait duré douze minutes montre en main. Pierre s'était ensuite souvenu du cas d'un condamné à mort qui avait mis sept minutes pour mourir sur la chaise électrique. Il avait réalisé que c'était très long, plus long qu'il ne l'avait imaginé jusqu'alors. Quand les flics étaient arrivés, Ochoa avait cessé de vivre. Le médecin avait précisé que même si l'intervention avait été immédiate il n'y aurait eu aucune chance de le sauver : le cœur, les reins et le foie avaient été perforés. Pourtant Pierre avait éprouvé un sentiment de culpabilité d'avoir été incapable d'apporter la moindre aide à cet homme qui rendait son dernier souffle sous ses yeux.

Ensuite, il y avait eu les interrogatoires de la police. Il lui avait fallu répéter dix fois la même chose. Il avait eu affaire à trois interlocuteurs différents qui lui avaient, à quelques détails près, posé les mêmes questions auxquelles il avait apporté des réponses qu'il croyait identiques, mais dans lesquelles ils avaient décelé des contradictions. Ces interminables auditions avaient eu pour effet d'embrouiller ses souvenirs. Les flics voulaient surtout savoir si la victime n'avait pas prononcé un mot ou fait un geste susceptible de les mettre sur la piste des assassins, bien que le médecin leur ait certifié qu'il en était dans l'incapacité absolue. Il ne sortait que des gargouillis de la bouche du malheureux qui n'avait ni écrit le nom de ses assassins avec son sang ni remis un message à son voisin. Les enquêteurs s'étaient lassés de le tourmenter inutilement et lui avaient annoncé qu'il serait entendu ultérieurement par le juge, mais il n'avait reçu aucune convocation et s'en était réjoui.

Il tourna la clef de contact et s'engagea dans la rue du Faubourg-du-Temple. Avant de prendre la route, il ne lui restait plus qu'à récupérer quelques objets qu'il avait confiés à la garde d'un ami après avoir débarrassé son appartement. Ce soir, il dormirait à Toulouse. Il arriverait sans doute très tard car la circulation était dense, mais il n'était pas pressé. Ce voyage allait lui permettre de se vider l'esprit. Une nouvelle vie commençait.

5

Dominique Lubin pianotait sur son clavier quand Nicole Sarlat pénétra dans le bureau mis à la disposition des pigistes de *Ponctuel.* Elle l'identifia sans difficulté : Georges lui avait décrit le journaliste comme un type grand et maigre qui approchait quarante-cinq ans et commençait à perdre ses cheveux. Or, la seule autre personne présente était une petite femme boulotte qui elle aussi saisissait un texte sur un ordinateur. En revanche, Nicole ignorait que Lubin portait des lunettes. Elle attendit patiemment qu'il lève le nez de sa machine.

– Dominique Lubin ?

Il baissa ses lorgnons pour la dévisager. Sa première impression fut que cette fille avait l'allure d'une petite bourgeoise de province – à tout hasard, elle avait choisi son tailleur bleu marine, très sage.

– Vous êtes Nicole Sarlat ?

– On m'a dit à l'accueil que je pourrais vous trouver dans cette salle.

– Eh bien vous m'avez trouvé... Mais j'en ai encore pour une dizaine de minutes. Il faut que je termine ces légendes. Prenez donc un café.

Elle n'avait aucune envie d'un café, mais, pour se donner une contenance, elle alla glisser une pièce dans l'appareil et, son gobelet à la main, revint s'asseoir en face de Lubin. Elle se sentait observée par la femme qui avait cessé de taper. Elle lui adressa un sourire auquel l'autre répondit par un mouvement du menton. Le café était franchement infect. Pour s'occuper, elle se mit à feuilleter le dernier numéro de *Ponctuel* qu'elle avait acheté avant son rendez-vous. Elle avait lu ou parcouru presque tous les articles pour avoir l'air dans le coup. C'était une règle du métier qu'on lui avait apprise à l'école de journalisme : il faut toujours donner l'impression qu'on s'intéresse à la publication dans laquelle on sollicite du travail, et non celle qu'on cherche uniquement à gratter quelques piges. *Ponctuel* lui était apparu comme un magazine bien fait, dont la mise en pages suivait les tendances du moment, avec peut-être une pointe de snobisme. À quelques exceptions près, tous les articles étaient rédigés dans le même style, ce qui signifiait que les rédacteurs devaient s'adapter à l'esprit de la maison et que certains papiers étaient sans doute rewrités. Cet aspect de la profession déplaît souvent aux jeunes journalistes qui tiennent à chacune des lignes qu'ils ont pondues comme à la prunelle de leurs yeux, mais Nicole avait dû s'y habituer : à Genève, il lui était arrivé de rendre douze feuillets et d'en voir publier moins de la moitié entièrement réécrite. Parfois, des intertitres ou des chapeaux qu'elle jugeait maladroits changeaient le sens de son texte. Quand on a longuement peaufiné ses phrases, on se sent évidemment un peu frustrée, mais on s'y fait. Dans *Ponctuel*, ce qui l'avait frappée, c'est que, hormis quelques enquêtes, la plupart des articles étaient très courts.

Lubin la fit attendre une vingtaine de minutes.

– Désolé, c'était un peu plus long que je ne le

pensais. Aujourd'hui, je manque d'inspiration. Allons nous installer dans un coin tranquille.

Il l'entraîna dans un couloir, poussa une porte, constata que l'endroit était occupé par deux jeunes femmes, en ouvrit une seconde qui donnait accès à une pièce meublée de façon un peu plus luxueuse que les autres, avec une grande table de travail en verre, des fauteuils de cuir et une table basse.

– Nous allons squatter le bureau d'Alain, le rédac'chef. C'est un pote.

Ils prirent place dans les fauteuils, de part et d'autre de la table basse. Lubin se comportait comme si le journal lui appartenait, il semblait très à l'aise. Il entra directement dans le vif du sujet, sans même lui demander des nouvelles de Georges.

– Il faut d'abord que je précise une chose : je n'ai strictement aucun pouvoir dans ce canard, ni dans aucun autre d'ailleurs. Je travaille en free lance. Tout ce que je peux faire pour vous, c'est vous présenter à Cohen. Alain Cohen décide de tout ici...

Instinctivement, le regard de Nicole se porta vers le bureau au-dessus duquel était placée une reproduction de la Une de *Ponctuel* remontant à 1981, sur laquelle on voyait Rocard, hilare, perché sur une estrade pour s'adresser à la foule, place de la Bastille.

– C'est lui qui a créé ce journal, en soixante-quatorze. Ça ne date pas d'hier. (Il la fixa soudain dans les yeux.) Vous étiez née en 1974 ?

Nicole faillit piquer un fard.

– C'est juste l'année de ma naissance...

– Tout ça ne me rajeunit pas... Bon, si j'ai bien compris, vous cherchez du boulot. Vous avez essayé les annonces ?

– J'ai envoyé une demi-douzaine de C.V. et de lettres de motivation, on ne m'a même pas répondu.

– Ça ne m'étonne pas vraiment. Dans notre métier, tout se fait par relations. Bien souvent, quand les annonces paraissent, les postes sont déjà pourvus. Ils les publient tout de même parce que ça rapporte du fric aux agences. Vous ne connaissez personne à Paris ?

– J'ai deux ou trois noms, dont le vôtre...

– Je vous l'ai dit, je ne suis pas quelqu'un de très important. Ce que je peux vous dire, c'est qu'on embauche pas mal de jeunes dans la presse économique, les canards consacrés aux *start-up*, à Internet, au commerce. Ils ont besoin de rédacteurs pour leurs éditions électroniques. Ça vous branche ?

Elle lui adressa une petite moue.

– Ça n'est pas ma tasse de thé. À la sortie de l'école j'espérais faire des reportages à l'étranger, ou de grandes enquêtes. Mais, dans l'immédiat, j'ai besoin de travailler. Je me sens tout à fait capable d'écrire des papiers sur Internet...

Elle regretta aussitôt cet accès de franchise. Pourquoi ne s'en était-elle pas tenue à la ligne qu'elle s'était fixée ? Peut-être parce que Lubin la couvait d'un regard attendri qui lui inspirait confiance. Ce type n'était ni beau ni moche, mais il avait du charme.

– Ouais, ce n'est pas exactement ce qu'il faut leur dire. Dans le moindre petit canard, les gens se prennent très au sérieux et sont convaincus de faire du grand journalisme. Vous devez leur affirmer que ça vous passionne...

Elle le savait. Néanmoins, elle inclina la tête.

– Je préférerais travailler dans un *news* comme *Ponctuel*.

– Pourquoi pas ? Vous avez des sujets à proposer ?

Elle en avait trois, dont elle avait apporté les synopsis. Elle ouvrit son porte-document. Lubin l'arrêta d'un geste.

– Racontez-les-moi plutôt, en deux mots. Je verrai si nous pouvons vendre ça à Cohen.

Elle lui résuma deux sujets, guettant ses réactions sur son visage. Il l'écouta attentivement, sans l'interrompre, mais elle sut immédiatement qu'elle s'était plantée.

– Je crains que ça n'accroche pas Cohen, dit-il. Votre truc, sur les femmes et l'automobile, il faudrait prévoir ça au moment du Salon de l'auto. Quant au secret bancaire, c'est un peu général. Vous qui venez de Genève, vous avez des trucs originaux et vraiment saignants sur les Suisses ?

Elle remarqua qu'il employait constamment des expressions comme « truc ». Non, elle n'avait pas de scoop dans ses bagages, seulement une bonne documentation : elle avait espéré recycler le meilleur papier qu'elle avait publié là-bas.

– Enfin, ça pourra tout de même servir quand l'occasion se présentera, dit Lubin pour la consoler. (Il se pencha vers elle.) Tu ne vois pas d'objection à ce qu'on se tutoie ? (Elle acquiesça d'un mouvement de tête). Comprends-moi bien : si je te présente à Cohen et que tu ne lui vends rien, tu es grillée pour un certain temps, parce qu'il ne va pas te recevoir tous les jours, ni même tous les mois. Il te dira ensuite, ou plutôt il te fera dire par Monique, son assistante qui, soit dit entre parenthèses est adorable mais très conne quand elle a affaire à des gens qu'elle ne connaît pas : envoyez vos propositions. Et ton courrier ira à la corbeille, parce qu'il en reçoit tous les jours des tonnes.

Ce langage ne la surprenait pas. Il ne la décevait pas non plus. Elle avait perdu une grande partie de ses illusions.

– Donc, si je vous suis, il vaut mieux que je revienne un autre jour avec d'autres idées ?

– Tu ne veux vraiment pas qu'on se tutoie ?

Elle avait un peu de mal à tutoyer les gens qui avaient dépassé la trentaine. Néanmoins, elle prit sur elle pour répéter sa question.

– OK. Donc, tu penses qu'il vaut mieux que je laisse tomber pour aujourd'hui ?

– Pas nécessairement. Nous allons chercher une idée...

À cet instant, la porte s'ouvrit et un personnage bien enrobé apparut. Son costume gris à fines rayures et ses lunettes à monture d'écaille lui donnaient l'air important. Il jeta sur le couple un regard surpris, sans dissimuler une certaine irritation de voir ainsi son bureau occupé.

– Alain, il n'y avait pas un endroit tranquille pour causer. Nous nous sommes permis de nous installer.

– Je vois ça.

– Je te présente Nicole Sarlat, qui est une journaliste suisse...

– Je ne suis pas suisse, protesta mollement l'intéressée.

– Enfin, elle vient de Genève, rectifia Lubin. J'ai pensé que...

– Qu'est-ce que tu as pensé, mon petit père ? Parce que, vois tu, j'ai un rendez-vous dans cinq minutes, en fait je suis déjà en retard.

Pour bien montrer qu'il était en retard, il jeta un

œil sur sa montre, un modèle en plastique bon marché du genre *Swatch* qui jurait un peu avec son costume d'homme d'affaires.

– J'ai pensé, reprit Lubin sans se démonter, que Nicole pourrait peut-être prendre le relais...

– Le relais ?

– Oui, tu te souviens : tu voulais que j'enquête sur l'assassinat de ce latino, Ochoa ? Mais j'ai vraiment trop de trucs sur le dos en ce moment. J'ai donc pensé que Nicole pourrait prendre le relais. Je lui refilerai ce que j'ai déjà et...

Cohen se tourna vers la jeune fille.

– Avec qui avez-vous travaillé, à Genève ?

– Je faisais des papiers pour *La Tribune* et aussi pour des revues spécialisées, dit-elle en priant le ciel que le rédacteur en chef de *Ponctuel* ne lui demande pas trop de précisions – en fait, en deux ans, elle avait publié en tout et pour tout trois courts articles dans le supplément du quotidien consacré à l'emploi.

– Vous ne vous plaisiez pas à *La Tribune* ?

– Je suis venue à Paris pour des raisons familiales.

– D'accord, dit Cohen, qui regarda encore sa montre, mais je n'ai pas une minute aujourd'hui pour discuter de ça. Je ne suis pas contre que vous repreniez ce dossier. (Il pointa son doigt sur Lubin.) Puisque Madame est apparemment ta protégée, tu suivras ça...

– Je ne fais pas dans le proxénétisme journalistique, rétorqua Lubin, mais c'est entendu, si elle a besoin de tuyaux, elle peut venir me voir et, le moment venu, je jetterai un œil sur le papier.

– Alors c'est parti, conclut Cohen, mes enfants je ne vous retiens plus.

Il ne fit même pas mine de leur tendre la main.

Lubin attendit qu'ils aient parcouru une vingtaine de mètres dans le couloir pour proposer :

– Si on allait boire un pot ?

Ils se retrouvèrent assis face à face au fond d'une brasserie vide de la place de la Bastille. Lubin commanda deux cafés – celui du bistro n'était pas extraordinaire mais tout de même meilleur que celui du distributeur de boissons du journal. Ils demeurèrent silencieux quelques instants.

– Merci, attaqua Nicole. Alain Cohen a l'air de vous faire confiance.

– Nous nous sommes connus en culottes courtes. Nous animions ensemble un journal lycéen, à Charlemagne, à une époque où tu n'étais pas née. Il est devenu une petite star médiatique avec sa rubrique hebdo sur France Inter et sur LCI, et moi je ne suis qu'un pigiste. Mais je bénéficie tout de même de certains privilèges. Comme tu l'as vu, je peux entrer dans son bureau sans frapper ni me faire jeter immédiatement. Et il me paie un peu plus cher que les autres. À propos, tu ne lui as même pas demandé combien il allait te payer ton enquête...

– Ça s'est décidé si vite... Il ne risque pas d'oublier qu'il m'a commandé ce papier ?

– En principe, il a bonne mémoire. La meilleure solution, c'est de demander une avance.

– Et il va me la donner ?

– Ça peut se faire. Tu peux toujours tenter le coup. Tu t'adresses directement à la compta : tu leur envoies tes coordonnées. Je suppose que tu n'as pas de carte de presse ?

Elle secoua la tête.

– Ça n'est pas trop grave. En fait, tout le monde s'en fout. Mais ils risquent d'en profiter pour te payer en droits d'auteur. Ils paient beaucoup moins de charges sur les droits d'auteur. Et, pour obtenir ta carte de presse, tu as besoin de présenter des feuilles de paie. C'est un cercle vicieux.

Pour le moment, obtenir ce petit rectangle de plastique barré de tricolore n'était pas sa préoccupation essentielle. Soudain, elle se demanda si Lubin avait une idée derrière la tête, la sauter par exemple. Il n'avait pas eu jusqu'ici la moindre attitude équivoque, mais ça ne voulait rien dire : certains types sont retors, elle était payée pour le savoir. En fait, Lubin avait en effet des arrière-pensées, mais pas celles-là, il espérait conserver un lien avec cette enquête que Cohen risquait de confier à quelqu'un qui viendrait ensuite marcher sur ses plates-bandes. Pour le reste, il s'efforçait de ne pas mélanger sa vie sexuelle avec sa vie professionnelle.

– Tu avais déjà commencé l'enquête ? demanda-t-elle.

– Pas vraiment. Juste mis de côté ce qui a été publié sur la question et passé quelques coups de fil. Tu as suivi cette histoire ?

– J'en ai entendu parler à la radio et j'ai vu un article dans *Le Monde*. Pour être franche, je ne l'ai même pas lu... Ochoa était un type important ?

Lubin haussa les épaules.

– Difficile à dire. Dans son pays, la Bolivie, il a été ministre des Travaux publics, ou quelque chose comme ça. (Lubin se mit à rire.) Remarque, en Bolivie, ils ne font pas beaucoup de travaux publics, mais je suppose que ça permet tout de même de se remplir les poches... Bref, on l'a accusé de malversations et il a filé. D'après ce que je sais, il se présentait comme un réfugié politique persécuté par le général Banzer au pouvoir au moment où il a quitté son pays. À Paris, il menait apparemment un train de vie modeste. Il habitait tout près d'ici, derrière la Place de la République. Ce n'est pas ce qu'on peut appeler un quartier chic. La police semble avoir classé l'affaire. Je te donnerai les coordonnées d'un flic qui a participé à l'enquête...

Nicole avait sorti un calepin et prenait des notes d'un air appliqué. Elle leva le doigt, à la manière d'une écolière.

– Je peux te poser une question ? Si cet Ochoa n'est pas un personnage important et si personne n'en parle plus, pourquoi Alain Cohen veut-il publier une enquête ?

Lubin se renversa sur la banquette en s'étirant.

– Pour le savoir, il faudrait le psychanalyser... Il a des intuitions, des lubies, parfois il se plante, parfois il tombe juste. Le bruit a couru que Ochoa aurait pris contact avec des gens qui envisageraient de se lancer dans l'action armée, et peut-être de les financer. Le gouvernement bolivien détruit les champs de coca avec l'appui des Américains, comme en Colombie, ce qui crée une situation explosive. Mais ce ne sont que des bruits. Toujours est-il que Cohen qui, dans le temps, a défilé avec des portraits du Che, a conservé un faible pour les sujets de ce genre. J'ai un peu voyagé en Amérique latine, et c'est pourquoi il a pensé à moi pour ce papier. Ou bien je le lui ai proposé, je ne m'en souviens plus exactement. Nous en avions discuté ensemble au cours d'un dîner. Je crois que nous étions un peu bourrés.

– Et si je ne trouve rien ?

– Quand on gratte, on trouve toujours des trucs intéressants, pas forcément ceux qu'on cherche, mais on trouve. Ensuite, il faut définir un axe. Même si ce n'est pas tout à fait celui qui avait été décidé au départ, ça n'est pas grave, du moment que c'est original.

Ce discours inquiéta Nicole, qui se sentait dépassée. Une enquête pour un magazine comme *Ponctuel* représentait une aubaine à ne pas laisser passer, mais un échec pouvait aussi la griller. Pourtant, elle ne montra rien de ses sentiments et prit une mine enjouée.

– Je prends, dit-elle. C'est comme si c'était fait.

*

L'appartement donnait sur la place Salengro, il était mansardé mais très clair. Il fallait se baisser pour se placer devant la fenêtre d'où l'on voyait une fontaine autour de laquelle un groupe de jeunes gens s'étaient installés pour siroter des bières. Pierre Gazier l'avait choisi à la fois en raison du caractère très vivant du quartier, en plein centre de Toulouse, à deux pas du Capitole, et aussi parce qu'un quart d'heure de marche lui suffisait pour se rendre à son travail. Sa voiture avait commencé à donner des signes de faiblesse deux jours après son arrivée, peut-être l'avait-il trop poussée pendant le voyage, toujours est-il qu'il l'avait abandonnée au garagiste pour cinq cents euros. Dans l'immédiat, il n'en avait pas besoin et n'avait aucun endroit pour la garer ; il serait toujours temps d'en acheter une autre quand il aurait mis un peu d'argent de côté. Tout ce qui lui restait sur son compte avait servi à payer la caution de la location. Il avait tout juste de quoi manger jusqu'à sa première paie, mais il se sentait délivré d'un grand poids. Il ne tremblait plus chaque fois que le téléphone sonnait, il n'avait plus à inventer des explications pour calmer les créanciers. D'ailleurs le téléphone ne sonnait pas, pour la bonne raison qu'il n'avait donné son nouveau numéro qu'à ses employeurs et à une poignée de proches. Ce calme lui semblait merveilleux. Les premiers contacts avec ses collègues avaient été bons. Le directeur du centre l'avait chargé de remettre à jour un système de classement. Il travaillait seul sur son ordinateur dans un bureau minuscule. Cette solitude lui convenait parfaitement.

Josyane ne lui avait donné aucune nouvelle. Peut-être avait-elle obtenu sa mutation à l'Alliance française de Mexico comme elle le souhaitait, il n'en savait rien. Pierre avait maintenant conscience d'avoir été insupportable pendant les six derniers mois. Rentrer à des heures impossibles, rabâcher ses problèmes, pleurnicher sur son sort, il n'y a rien de tel pour briser un couple. Au début, elle avait essayé de lui remonter le moral, puis elle s'était lassée. Il aurait du suivre ses conseils et laisser tomber cette affaire beaucoup plus tôt, mais, quand on a créé une boîte, on s'y accroche, et plus on lui a consacré de temps et d'énergie, moins on comprend le langage de la raison. C'était maintenant une affaire classée. Les sentiments qu'il éprouvait devaient par certains côtés ressembler à ceux d'un homme qui vient de rompre avec une secte.

Il n'était que dix-sept heures trente et il se trouvait déjà chez lui, à sa fenêtre, à contempler les badauds. Un petit soleil bien agréable réchauffait la place, alors qu'il avait quitté un Paris pluvieux. Profiter tranquillement de cette fin d'après midi ensoleillée lui semblait un privilège extraordinaire – depuis deux ans, il ne rentrait jamais avant la tombée de la nuit, et il occupait le plus clair de ses week-ends à rédiger ses articles ou à mettre en pages son journal.

Il demeura ainsi accoudé à sa fenêtre pendant une dizaine de minutes, hésitant sur la façon d'utiliser ce merveilleux temps libre. Il en avait complètement perdu l'habitude. En général, il s'écroulait dès qu'il avait franchi la porte de son appartement.

Il décida finalement de descendre s'installer à la terrasse du bistro. L'endroit était occupé par une jeunesse insouciante qui arborait des vêtements à la mode et des téléphones mobiles.

Il commanda une bière et se mit à observer les filles, à Paris il n'avait plus ni le temps ni le goût de les regarder. Il remarqua une brune frisée très typée avec un nez busqué, qui parlait avec les mains. Son regard croisa le sien. Elle lui sourit. Il fut un instant tenté de l'aborder sous un prétexte quelconque, puis il y renonça. Il n'allait pas se mettre à draguer trois jours après son arrivée à Toulouse, d'autant qu'il n'avait même pas les moyens d'inviter cette fille dans un restaurant correct. Surtout il était trop tôt pour se lancer dans une aventure, il devait d'abord se guérir de Josyane et de son échec professionnel. Il lui rendit son sourire mais tourna rapidement la tête.

6

Bernadette Callot corrigeait les épreuves d'une enquête consacrée à la sexualité féminine. Les rédactrices inventaient le plus souvent de toutes pièces les témoignages que publiait le magazine *Contemporaine*. Le but essentiel était de distraire les lectrices qui parcouraient ce genre de prose pour se détendre, après une journée de travail ou pendant leur trajet. La charte de la rédaction voulait que chaque article soit très court, afin qu'il puisse être lu rapidement, par exemple entre deux stations de métro, y compris par des personnes lentes et peu cultivées, et c'est ce qui avait fait le succès de cette publication qui comptait parmi les plus forts tirages de la presse féminine. Bernadette devait donc parfois raccourcir des papiers trop longs ou les couper en deux, trouver des titres et des chapeaux. Elle éliminait aussi tout ce qui pouvait choquer ou mettre les lectrices mal à l'aise. Même les sujets les plus sérieux devaient être traités sur un ton badin et distancié. Pourtant, depuis quinze ans qu'elle exerçait – elle avait travaillé dans une demi-douzaine de titres différents – elle avait noté une tendance vers des sujets et des détails de plus en plus crus. Pour ne pas avoir l'air ringarde, il fallait faire hard : parler de clitoris, de vibromasseur, de sodomie, de fellation, de célibataires à relations multiples, de bisexualité. Pour ce qui était des questions à caractère médical, paramédical ou pseudo-médical, on faisait appel à un sexologue reconnu, qui animait une émission de télévision, mais pour les témoignages et les papiers d'ambiance, l'imagination des pigistes suffisait. Elles en manquaient parfois. Bernadette Callot avait l'impression de lire tout le temps la même chose.

– Vous avez déjà travaillé dans la presse féminine ? demanda-t-elle à Nicole Sarlat, lorsque celle ci vint lui proposer ses services.

– J'ai fait quelques papiers, à Genève.

– Et vous avez quelque chose de prêt à nous proposer ?

– Non, mais j'ai deux ou trois sujets.

Bernadette jeta un œil sur les synopsis et les rangea dans une chemise.

– Je vais être franche avec vous, pour le moment toutes les rubriques sont prises par des pigistes régulières, mais on ne sait jamais... À part ça, comment va Lubin ?

– Il avait l'air d'aller bien, mais pour être franche moi aussi, je ne l'ai rencontré qu'une seule fois. C'est un copain de Genève qui m'a conseillé d'aller le trouver...

Cette réponse amena un sourire sur le visage las de Bernadette.

– OK, si je comprends bien, vous ne connaissez pas grand monde à Paris ? À mon avis, ça va être difficile de trouver des piges dans la presse féminine. Nous payons plus cher que les autres, alors tout le monde se précipite. Et chacun s'accroche griffes et ongles à son os. Essayez plutôt dans des petites revues professionnelles.

On lui avait déjà répété ça mot pour mot plusieurs fois. Tout ce qu'elle avait dégotté jusqu'à présent était un dossier sur « les nouveaux commerçants », ceux qui ont des diplômes en poche, gèrent leur boutique comme une start-up et ne se contentent plus d'attendre le client derrière leur tiroir-caisse. Le rédacteur en chef qui lui avait commandé le papier figurait sur la petite liste que Lubin lui avait expédiée, par mail, deux jours après leur rencontre. Ce type ne lui avait pas fait bon effet : confus, stressé, bordélique, il travaillait au milieu d'un véritable capharnaüm. Mais c'était toujours ça de pris. Elle avait déjà interviewé une demi-douzaine de gérants de fast-food, de cybercafés, de centres de réparation rapide automobile.

Elle savait que ses débuts n'allaient pas être faciles et avait décidé de s'accrocher. Elle ne pouvait plus se permettre de réclamer de l'argent à sa famille et n'avait pas non plus l'intention de se faire embaucher comme serveuse dans un fast-food ou femme de ménage. Elle préférait encore se priver de manger. Mais elle avait tout de même de quoi tenir pendant deux ou trois mois, à condition d'être raisonnable. D'ici là, *Ponctuel* lui aurait peut-être versé l'avance que Lubin lui avait laissé espérer.

Le hall de l'immeuble dont *Contemporaine* occupait deux étages était une vraie fourmilière. C'était l'heure du déjeuner et des groupes de femmes sortaient des ascenseurs, d'autres attendaient dans de confortables canapés de cuir ou fumaient en faisant les cent pas. Trois autres magazines appartenant à un groupe allemand avaient leur siège ici. Le personnel était presque exclusivement féminin. Toutes ces femmes avaient en commun quelque chose que Nicole ne parvint pas à définir immédiatement. Elle prit place elle aussi pendant quelques instants dans un fauteuil pour les observer et réalisa que c'était l'assurance. Toutes affichaient l'assurance de femmes qui ont réussi, ou qui, du moins, sont certaines de recevoir à la fin du mois un chèque suffisant pour vivre sans se priver jusqu'à la paie suivante. La plupart étaient élégantes et beaucoup portaient des vêtements de prix, sur lesquels, Nicole le savait, les journalistes bénéficiaient de toutes sortes de réductions, quand elles ne se les faisaient pas offrir par les marques ou les boutiques dont elles vantaient les produits. Elle aurait aimé travailler dans une de ces publications et profiter de ces avantages. C'était peut-être difficile, mais sûrement pas impossible...Dans la rue, elle remarqua un groupe qui s'engouffrait dans une brasserie, un établissement assez luxueux. Elle fut tentée de les suivre et d'essayer d'engager la conversation avec elles, mais y renonça après avoir jeté un œil sur la carte affichée à l'extérieur. Il aurait été stupide de se mettre à claquer de l'argent de cette façon. Elle se contenta donc d'un sandwich jambon-salade qu'elle acheta dans une boulangerie et alla manger sur le banc d'un petit square. Elle considéra sa situation et se mit à rire toute seule. En côtoyant toutes ces journalistes, elle avait éprouvé un sentiment d'humiliation, comme si chacune d'elles avait pu remarquer que ses vêtements avaient vécu et deviner qu'elle venait mendier des piges et s'était fait jeter. Ce qui était ridicule : personne ne lui avait prêté la moindre attention. Elle s'en persuada et se mit à rire. Après avoir englouti le sandwich, elle avait encore faim et ne résista pas à s'offrir un mille-feuille dans une pâtisserie. Tout cela n'était guère diététique, mais elle aurait tout le temps de suivre un régime plus sain quand elle aurait trouvé du travail.

Elle termina par un café qu'elle prit dans un bistro de la Place Pereire. Après l'avoir bu, elle sortit son calepin et raya Bernadette Callot – *Contemporaine* sur la liste de journalistes et de publications que Lubin lui avait fait parvenir. Il lui en restait encore une demi-douzaine à rencontrer, mais elle ne se sentait pas le courage de renouveler immédiatement l'expérience. Elle décida donc d'aller faire un tour sur les lieux de l'assassinat d'Ochoa. C'était une façon comme une autre d'attaquer cette enquête qu'elle avait acceptée sans trop savoir comment elle allait s'y prendre. Dans le métro, elle relut des articles de presse qu'elle s'était procurés sur Internet. Elle avait consciencieusement souligné des phrases qui lui semblaient importantes et écrit des commentaires dans la marge. Le trajet était direct, ce qui lui permettait de travailler tranquillement ; pourtant, à la station Bourse, un homme d'une trentaine d'années vint s'asseoir à côté d'elle, se mit à l'observer, et même à essayer de lire les documents qu'elle avait déballés sur ses genoux. Elle lui jeta un regard furieux auquel il répondit par un sourire, puis il lui demanda si elle était enseignante. Il semblait très à l'aise et elle ne réussit pas à deviner s'il essayait de la draguer ou seulement de bavarder, par simple curiosité. Dans le doute, elle lui répondit par monosyllabes, sans le regarder, pour bien lui faire comprendre qu'il lui cassait les pieds. Il se lassa et descendit avant elle. Elle l'observa alors qu'il attendait l'ouverture des portières. Il était plutôt beau garçon, bien habillé dans le genre BCBG : c'était peut-être un employé de la Bourse ou un *broker*. Elle se sentit flattée par cette tentative, mais il ne lui serait jamais venu à l'idée de suivre cet inconnu, d'accepter un rendez-vous ou de lui donner son numéro de téléphone.

Les journaux n'indiquaient pas l'adresse de l'immeuble où Ochoa avait été assassiné, mais Lubin l'avait obtenue par un policier. Les documents qu'il lui avait expédiés contenaient cette précision. Cet immeuble se trouvait du côté opposé à la sortie de métro qu'elle emprunta, de sorte qu'il lui fallut traverser entièrement la Place de la République. Cette expérience lui permit de constater que les automobilistes parisiens étaient beaucoup moins disciplinés et surtout beaucoup moins respectueux des droits des piétons que les Genevois. Elle faillit se faire renverser dans un passage clouté par une camionnette qui avait brûlé le feu rouge. Le véhicule lancé à quatre-vingts à l'heure la frôla. La stupéfaction et la peur la paralysèrent pendant quelques secondes. Quand elle eut retrouvé ses esprits et la sécurité du trottoir, elle se demanda pendant un bref instant si elle ne venait pas d'être victime d'une tentative d'attentat, puis réalisa que cette hypothèse n'avait aucun sens puisque, pour le moment, personne en dehors de Lubin et du rédacteur en chef de *Ponctuel* ne savait qu'elle menait cette enquête et qu'elle n'en était qu'à sa première démarche.

L'immeuble et le quartier lui semblèrent plus modestes qu'elle ne les avait imaginés. Elle s'attendait à évoluer dans un milieu cossu et fut vaguement déçue. Un personnage important pouvait-il avoir choisi cet endroit ? Et, si Ochoa n'était pas aussi important qu'elle avait cru le comprendre, son assassinat perdait de son intérêt, de même qu'une enquête consacrée à ce crime. Personne ne semblait surveiller la porte, mais celle-ci était protégée par un digicode. Nicole résolut donc d'attendre l'entrée ou la sortie d'un habitant de l'immeuble pour franchir cet obstacle. Il lui fallut patienter une dizaine de minutes avant de voir un homme d'une cinquantaine d'années composer ce code. Elle s'élança derrière lui. Non seulement il ne lui fit aucune réflexion, mais il retint galamment la porte. Elle se retrouva dans un couloir qui conduisait à une cour pavée.

Elle ignorait bien évidemment à quel étage se trouvait l'appartement d'Ochoa et quel escalier il fallait emprunter pour l'atteindre. Toutefois, elle ne s'attendait pas à ce que les portes donnant sur cette cour soient aussi nombreuses.

Une liste des locataires était affichée à côté des boîtes aux lettres, mais elle ne comportait pas d'Ochoa. Soit le nom avait été retiré après le meurtre, soit l'ancien ministre bolivien figurait sous un autre nom, pour des raisons de sécurité, précaution qui n'avait pas suffi à le protéger. Nicole hésita pendant quelques instants, puis alla frapper au carreau de la loge du concierge. Un homme rougeaud en bras de chemise ouvrit et la dévisagea sans prononcer une parole. Elle s'appliqua à sourire à ce personnage plutôt antipathique.

– Pardonnez-moi de vous déranger. Pourriez-vous m'indiquer où se trouve l'appartement de M. Ochoa ?

– Si vous voulez mon avis, il loge aujourd'hui au cimetière, mais je ne sais pas lequel.

– Je veux dire l'appartement où il logeait avant sa mort.

– Figurez-vous que j'avais compris ! Mais il n'est pas à louer, le propriétaire veut le récupérer pour son neveu.

– Je ne viens pas pour le louer. Je suis journaliste. Je travaille pour le magazine *Ponctuel*.

Cette déclaration n'eut pas l'air d'impressionner le concierge, qui la toisait toujours avec l'air de se moquer d'elle.

– Vous arrivez après la bataille, ma petite. Tous vos collègues sont déjà passés et il n'y a rien à voir. L'appartement est sous scellés.

– Ça ne fait rien, soyez gentil, dites-moi tout de

même où se trouve cet appartement. C'est juste pour voir l'endroit où le crime a eu lieu.

Le concierge la dévisagea encore quelques secondes en plissant les yeux, puis se décida à livrer l'information demandée.

– Quatrième C.

Elle le remercia d'un mouvement de tête et s'éloigna d'un pas rapide. Le type continua à l'observer et ne se décida à rentrer dans sa loge que lorsqu'elle eut disparu dans le bâtiment C. Elle avisa une affichette signalant que l'ascenseur était en panne et s'engagea dans l'escalier. C'était un escalier à l'ancienne avec une boule de cuivre à chaque étage. Les marches étaient usées mais soigneusement encaustiquées. Nicole songea que les tueurs auraient pu assez facilement se faire coincer dans cet escalier ou dans la cour. Quand elle parvint sur le palier du quatrième étage, elle retint son souffle, comme elle l'aurait fait dans une église. Elle remarqua immédiatement les fils plombés fixés sur la porte de gauche – il aurait été facile de les rompre, mais elle ne pouvait pas pénétrer dans l'appartement d'Ochoa sans l'aide de la police ou du concierge. Elle s'approcha et essaya d'imaginer la scène. Les tueurs sonnaient, la porte s'entrouvrait et ils tiraient à bout portant sur le Bolivien qui s'effondrait. Elle se pencha pour examiner le sol et essayer de distinguer des taches de sang. Le parquet avait probablement été nettoyé et le paillasson jeté. Il ne restait plus aucune trace du drame. Cette visite ne lui avait pas appris grand-chose. À tout hasard, elle jeta un œil sur les deux autres portes. Aucun nom, aucune carte de visite ne figurait sur celle de droite ; en revanche, un rectangle de bristol était collé sur celle du milieu :

MÉDIASPORT
Le magazine de l'équipement sportif

Elle nota ce nom sur son carnet, puis, après quelques instants d'hésitation, appuya sur la sonnette. Aucun son ne lui parvint. Elle renouvela l'opération et, à tout hasard, frappa sur la porte, très doucement d'abord puis un peu plus fort. À sa surprise, le dernier coup déclencha un petit chuintement et la porte pivota. Elle n'avait pas été verrouillée et sans doute était-elle mal fermée. Craignant de se trouver nez à nez avec quelqu'un qui ne l'avait pas invitée à entrer, elle attendit encore un peu, appela, puis poussa le battant. La pièce était entièrement vide, à l'exception d'un bureau métallique, de deux chaises en plastique et d'une armoire de rangement. Il n'y avait pas ici le moindre signe d'une activité quelconque. Elle marcha jusqu'au bureau, décrocha le combiné du téléphone et porta l'écouteur à son oreille. Pas de tonalité. Une porte donnait accès à des lavabos où la visiteuse ne découvrit ni savon, ni serviette ni papier hygiénique. L'endroit était dans un état de propreté acceptable. Après avoir fermé la porte et tourné le verrou, elle profita de la situation pour satisfaire une envie pressante. Quand elle ressortit, elle se trouva en face du concierge. Cette rencontre inattendue lui arracha un petit cri de frayeur. Encore heureux qu'elle ait songé à boucler la porte des toilettes, sinon il la surprenait avec sa culotte sur les chevilles !

Le type la fixait d'un air soupçonneux.

– Ce n'était pas fermé, dit-elle.

– Vous cherchez quelque chose ?

– Pas spécialement. Qui occupe ce bureau ?

– Vous voyez bien que c'est vide.

– Et Médiasport, qu'est-ce que c'est ?

Le concierge haussa les épaules.

– Une boîte qui se trouvait ici, mais son patron a déménagé il y a trois semaines.

Elle se livra à un rapide calcul mental. L'assassinat d'Ochoa avait eu lieu le 22 septembre et on était le 15 octobre. Tout juste trois semaines. Autrement dit, les employés de Médiasport avaient quitté les lieux le jour ou quelques jours après l'assassinat.

– Connaissez-vous les noms des gens qui travaillaient ici ?

– D'après ce que je sais, il n'y avait qu'une seule personne, mais j'ignore son nom. Son courrier arrivait au nom de Médiasport.

– Il recevait beaucoup de courrier ?

– Ces derniers temps, pas beaucoup. Avant, je ne sais pas. Il faudrait demander à mon prédécesseur. Je ne suis là que depuis deux mois. On peut dire que je suis mal tombé. Les flics n'ont pas arrêté de m'emmerder. Sans compter vos collègues. Et il n'y en a même pas un qui aurait eu l'idée de me glisser un billet pour me remercier des renseignements.

Ce bonhomme ne manquait pas de culot. Si elle avait été sûre de pouvoir se faire rembourser ses frais, elle lui aurait donné quelques billets, mais elle n'avait vraiment pas les moyens de payer de sa poche. Elle faillit se justifier en lui expliquant qu'elle venait de débarquer à Paris et qu'elle débutait dans le métier, mais renonça de crainte de perdre toute crédibilité. Ce genre de personnage respectait certainement davantage les cyniques que les naïfs.

– Pour payer un renseignement, il faut qu'il en vaille la peine, dit-elle sèchement. Mon magazine ne jette pas l'argent par les fenêtres. Si vous avez vraiment un tuyau utile à vendre, passez-moi un coup de fil.

Elle lui tendit sa carte. Il la prit et l'examina. À son

expression, elle sut qu'elle avait redressé la situation à son profit.

– Ça ne dit pas que vous travaillez pour *Ponctuel.*

– Je suis en free lance.

– Ça vous intéresse de visiter l'appartement du type ?

– Et les scellés ?

– Ne vous inquiétez pas pour ça. Ils n'y verront que du feu. De toute façon, ils vont bientôt les retirer. Ils ont pris tout ce qui les intéressait et ils ont fait tous leurs examens. C'est une affaire classée.

– Alors d'accord, allons jeter un coup d'œil.

– Oui, mais on paie d'abord. Cent euros, ça vous va ?

Elle fouilla dans son sac et en sortit un billet de cinquante qu'elle lui tendit. Restait à espérer qu'on lui rembourserait ses dépenses et surtout que son enquête serait publiée...

– Il faudra vous contenter de ça, je n'ai rien d'autre sur moi.

Il empocha le billet sans protester et sortit un trousseau de clés. Il avait probablement prémédité son coup. Il fit sauter les scellés, très vite, trop vite même pour qu'elle comprenne de quelle façon il s'y était pris. Peut-être étaient-ils même déjà brisés avant cette visite.

L'appartement d'Ochoa était plongé dans la pénombre et sentait le renfermé. On ne distinguait pas grand-chose.

– Le courant a été coupé, expliqua le concierge. Je vais relever un store. Surtout, ne touchez à rien. Ne laissez pas d'empreintes. On ne sait jamais.

Une flaque de lumière inonda la pièce dont le décor se précisa. Nicole éprouva une pointe d'excitation.

Pénétrer ainsi dans l'intimité de la victime avait quelque chose de magique. Pourtant l'appartement était tout ce qu'il y a de plus banal. Une pièce était utilisée comme chambre à coucher et l'autre comme bureau et salon. Cette dernière était très encombrée. Deux fauteuils de cuir usés se faisaient face, de part et d'autre d'une petite table basse en bois sombre sur laquelle des piles de journaux s'étaient accumulées. Certains étaient encore sous bande et avaient été expédiés de pays lointains : *La Tercera* du Chili, *Clarin* d'Argentine, *Nacional* de Bolivie... Quant au bureau, c'était un meuble fonctionnel, lourd, sans style particulier, qui lui aussi disparaissait sous les revues et les journaux. Elle s'en approcha en s'appliquant à respecter les consignes du concierge. Elle aurait aimé tomber sur un carnet d'adresses, des notes, mais la police avait bien évidemment emporté tout cela. Sur le sol, derrière le bureau, elle remarqua une imprimante à jet d'encre.

– Les flics ont pris son ordinateur et toutes ses disquettes, dit le concierge.

À défaut de trouver un indice – ce qui était, elle en avait conscience, un espoir stupide –, elle essaya d'imaginer la vie d'Ochoa. Elle commencerait sans doute son article de cette façon : l'homme penché sur son écran d'ordinateur, occupé à rédiger un article pour un de ces quotidiens, ou un courrier destiné à un haut fonctionnaire de son pays d'origine – il faudrait qu'elle se renseigne à ce sujet. La sonnerie de la porte d'entrée retentissait, il se levait pour aller ouvrir et se trouvait en face des tueurs. Ouvrait-il donc à n'importe qui sans précaution particulière ou les assassins avaient-ils trouvé le moyen d'endormir sa méfiance ? Si ce type savait qu'il était menacé, il aurait été logique qu'il se méfie, il avait d'ailleurs fait placer une chaîne de sécurité qu'elle avait remarquée. Pourquoi ne l'avait-il pas utilisée ? Avant de passer dans la pièce voisine, Nicole prit quelques notes sur son carnet. Des détails significatifs : le sous-verre représentant un paysage de montagne avec des lamas en premier plan, la photo d'un personnage dont elle ignorait le nom. Elle se pencha sur ce cliché mais ne découvrit aucune indication.

– Vous savez qui c'est ? demanda-t-elle au concierge.

– Aucune idée.

Ni dans la chambre ni dans la minuscule salle de bains, elle ne découvrit d'indice de la présence même épisodique d'une femme. Un petit téléviseur reposait sur le sol, dans un angle de la pièce. Ça ne devait pas être très pratique de l'utiliser dans ces conditions. Ce type avait mené une existence quasi monacale. Quel âge avait-il au juste ? Elle ne s'en souvenait plus.

Cette visite, bien que décevante, était tout de même instructive. Ochoa s'était concentré sur son activité politique. Le concierge observait la journaliste d'un œil narquois, sachant sans doute qu'elle ne découvrirait rien d'original sinon de quoi meubler son imagination.

– Il ne faut tout de même pas trop traîner, dit-il. Quelqu'un pourrait passer sur le palier. Vous allez me laisser sortir le premier, au cas où un voisin arriverait.

– Qui habite le troisième appartement ?

– Une dame qui travaille à la Poste. Elle rentre tard. Elle était en vacances au moment du crime.

Le concierge remit le store en place, fit signe à la journaliste de ne pas bouger et passa sur le palier. À cet instant précis, Nicole crut entendre des pas. Quelqu'un gravissait ou descendait l'escalier. Son rythme cardiaque s'accéléra. Le concierge referma la porte de l'appartement. Elle se trouvait maintenant enfermée. Des bruits de voix étouffées lui parvinrent. Il lui sembla que le concierge parlait d'ampoules à changer. En revanche, les propos de son interlocuteur étaient inintelligibles. La conversation s'éternisait. Il était tombé sur un bavard – ou une bavarde... Cette situation imprévue lui permettait d'échapper momentanément à la surveillance du concierge. Elle fonça jusqu'au bureau, dans l'espoir de trouver un élément digne de figurer dans son enquête. Elle ouvrit successivement les trois tiroirs et constata qu'ils étaient vides. Leur contenu se trouvait probablement entre les mains des flics. Vaguement dépitée, elle jeta son dévolu sur une petite bibliothèque où elle trouva deux dossiers contenant des coupures de journaux jaunies et des livres de tous formats, en langue espagnole pour la plupart. Elle en prit un, au hasard car elle n'y voyait pas très clair, et le fourra dans son sac. Le déclic de la porte d'entrée la fit sursauter.

Le concierge revenait.

– Filez vite, dit-il.

Elle dévala l'escalier, avec le concierge sur les talons.

– Si vous avez une info intéressante, vous savez où me contacter.

– Je vous ferai signe. Ne vous inquiétez pas.

Nicole attendit d'être dans le métro pour jeter un œil sur le livre qu'elle avait fauché. C'était une édition de poche de *Galindez*, un roman de Montalban dédicacé à Ochoa. Par un hasard assez extraordinaire, elle l'avait lu ! En français, bien entendu. Or le héros de ce roman, le politicien basque Galindez, avait lui aussi été assassiné en exil ! Le rapprochement était saisissant et lui fournissait une excellente introduction pour son enquête. Les comparaisons romanesques sont généralement appréciées. Certes, il lui faudrait trouver une explication, au cas où on lui demanderait comment elle pouvait savoir que la bibliothèque d'Ochoa contenait ce livre, mais elle avait tout son temps pour l'élaborer. Cette découverte lui donna le sentiment que son enquête était bien partie.

7

C'était un commissariat de quartier installé dans une petite rue du XIXe arrondissement, face à un garage d'où s'échappaient des vapeurs d'essence, des ronflements de moteur et une mélodie orientale. Une demi-douzaine de femmes noires et arabes encombrées de marmots attendaient sur des chaises en plastique, face à une jeune fliquesse en uniforme qui affichait un visage fermé.

Nicole Sarlat avança résolument jusqu'à elle. La policière affecta de l'ignorer. Elle toussa pour attirer son attention.

– Attendez votre tour.

L'intonation était neutre, dépourvue d'agressivité.

– Je viens voir l'inspecteur Vayron.

– Vous êtes convoquée ?

– Non, mais j'ai rendez-vous avec lui. Je suis journaliste.

– Vous avez une pièce d'identité ?

Elle lui tendit sa carte de presse établie en Suisse et périmée. La femme flic y jeta un œil, décrocha son téléphone, prononça quelques mots puis désigna la dernière chaise libre.

– Attendez.

Après un quart d'heure d'attente, un homme d'une trentaine d'années, mal rasé, vêtu d'un jean et d'une veste de tweed fatiguée lui fit signe de le suivre, sans se présenter ni lui tendre la main. Elle lui emboîta donc le pas, gravit un escalier et pénétra dans un bureau exigu déjà occupé par deux autres policiers, un cinquantenaire corpulent en bras de chemise et une femme maigre aux traits creux qui ne jetèrent pas un regard sur l'arrivante. Vayron l'invita à s'asseoir en face de lui, sur une chaise semblable à celles du hall d'accueil, et posa une fesse sur son bureau, un meuble métallique encombré par un ordinateur d'un modèle ancien et des piles de paperasses. Le clavier avait été placé en équilibre sur le moniteur pour faire de la place.

– Qu'est-ce que je peux faire pour vous ?

– Dominique Lubin m'a donné vos coordonnées et je me suis permis...

– Je sais, vous m'avez déjà dit ça au téléphone. Soyez directe, je n'ai pas beaucoup de temps.

– Je crois que vous étiez sur l'affaire Ochoa. Le magazine *Ponctuel* m'a chargée d'une enquête. En fait, je prends le relais de Lubin...

– Je vois... Allons boire un jus, nous serons plus tranquilles. (Il se tourna vers ses collègues.)

– Si on me demande, je reviens dans dix minutes.

Aucun des deux autres ne broncha. Quand ils passèrent devant la fliquesse de l'accueil, Vayron répéta qu'il serait de retour dans dix minutes. Cette fois, la femme dévisagea assez longuement Nicole avant d'incliner la tête en signe d'assentiment. Elle pensait peut-être que Vayron recevait une de ses conquêtes.

Ils marchèrent silencieusement jusqu'à l'angle de la rue de Flandres où le policier l'entraîna dans un bistro enfumé où flottaient des odeurs variées, avec une dominante de graillon. Ces effluves soulevèrent le cœur de Nicole, qui s'efforça de dissimuler son dégoût. Ils s'installèrent de part et d'autre d'une table de formica graisseuse où une assiette contenant un morceau de croque-monsieur et un cendrier débordant de mégots n'avaient pas été débarrassés.

Elle observa Vayron, à la dérobée, tandis qu'il commandait des cafés au serveur, un Maghrébin rond et chauve. Le policier avait un visage étroit, de petits yeux bleus tirant sur le vert qui ne manquaient pas de charme, mais une bouche aux lèvres très fines et de vilaines dents. Il peignait en arrière une tignasse rebelle qui avait grand besoin des services d'un coiffeur ; les mèches sales qui lui couraient dans le cou déplaisaient particulièrement à Nicole qui aimait les hommes soignés. Fréquenter des individus de cet acabit dans des endroits sordides faisait sans doute partie des nécessités du métier qu'elle avait choisi, mais, tous comptes faits, elle préférait encore interviewer des jeunes frimeurs qui se prenaient pour Bill Gates, comme celui qu'elle avait rencontré deux heures plus tôt.

– J'ai été un des premiers à arriver sur les lieux, déclara Vayron avant même d'avoir été questionné. À ce moment-là, je travaillais au commissariat du onzième. J'ai donc procédé aux premières constatations. Ensuite, l'affaire a été confiée à la Criminelle. Si vous voulez en savoir davantage, c'est à eux qu'il faut vous adresser, mais ça n'est pas sûr qu'ils accepteront de vous raconter leur vie. Moi, je ne suis qu'un pauvre flicard de quartier. Je reçois les plaintes des gens qui se sont fait tirer leur caisse ou qui ont été cambriolés. Pas grand-chose à voir avec Navaro.

– Nous en sommes tous là. Moi aussi je débute, je ne suis que pigiste...

Vayron ricana.

– Mais moi, je ne débute pas ! Je suis depuis sept ans dans la maison.

Cet aveu mit la journaliste mal à l'aise. Elle s'empressa de changer de sujet.

– Donc vous êtes arrivé sur place parmi les premiers...

– Un voisin avait appelé le commissariat. Je suis parti dans une voiture de service, avec deux collègues. Un car nous suivait. Nous sommes montés et nous avons découvert Ochoa sur le palier. Sa porte était restée ouverte. Je ne suis pas toubib, mais j'ai immédiatement compris qu'il avait passé l'arme à gauche. Les types du Samu ont confirmé. Dans des cas comme ça, notre rôle se limite à empêcher les curieux d'assister au spectacle, afin de préserver les indices éventuels et de noter les premières déclarations des témoins. Le proc de permanence a débarqué un quart d'heure après nous. Ensuite, je vous l'ai dit, c'est l'affaire de la Crim. Le grand jeu, la police scientifique, les photos, les relevés d'empreintes. Vous connaissez un peu la procédure ?

Elle inclina la tête, pour ne pas avouer son ignorance. Elle savait très peu de chose de la machine judiciaire française.

– Ensuite, eh bien, un juge d'instruction est nommé, et c'est lui le patron.

– Ce juge d'instruction, c'est Jean-Pierre Serpette, n'est-ce pas ? dit-elle pour montrer qu'elle avait tout de même potassé le dossier.

– Exact. Mon rapport doit figurer dans ses archives. Mais je n'ai jamais eu affaire à lui, ni même aux gens de la Crim. Moi, je dépose mon rapport sur le bureau de mon patron, qui transmet.

– Vous n'avez pas eu la curiosité de suivre l'enquête ?

– Je l'ai suivie comme tout le monde, dans la presse. Je ne sais rien de plus.

Nicole s'interrogea. Pourquoi Lubin lui avait-il donné les coordonnées de ce flic, qui ne savait rien et n'avait joué qu'un rôle mineur ? En même temps, elle se mit à réfléchir à la façon dont elle allait pouvoir utiliser ce personnage dans son papier.

– Vous connaissez bien Lubin ?

– Comme ci, comme ça. Je l'ai rencontré à l'occasion d'une autre affaire. Il enquêtait sur une bavure. Une prétendue bavure. Un type racontait qu'il s'était fait tabasser. Un dealer. Je ne dis pas que ça ne peut pas arriver, mais celui-là ne s'était pas fait tabasser. Moi, je ne suis pas pour ces méthodes-là. Je ne suis pas entré dans la police pour ça. Je l'ai donc dit à Lubin, et je crois que je l'ai plus ou moins convaincu. En tout cas, il a laissé tomber. Il y avait d'autres témoins, qui savaient que le môme n'avait pas été frappé, même pas une gifle. Et je ne sais pas comment on en est arrivés à parler de l'affaire Ochoa, mais je lui ai raconté que j'avais été un des premiers sur place et ça a eu l'air de l'intéresser. Pourtant, l'histoire remontait déjà à un mois et demi. Je lui ai seulement dit que, d'après le peu que je savais, j'avais l'impression que toutes les pistes n'avaient pas été exploitées...

Vayron avait glissé cette petite phrase, mine de rien. Il en savait sans doute davantage qu'il ne l'avait laissé entendre au début de leur entretien. Avait-il voulu faire durer le suspense ? Nicole se maîtrisa pour dissimuler son excitation.

– Par exemple ?

Le policier lui proposa une cigarette, qu'elle refusa, et entreprit d'en allumer une. Elle n'osa pas lui faire savoir qu'elle ne supportait pas le tabac. Ce n'était pas le moment. Vayron tira une bouffée, puis la dévisagea en penchant la tête.

– Par exemple, je ne suis pas certain qu'on s'est donné beaucoup de mal pour savoir qui sont réellement les gens de Médiasport.

– Vous parlez du bureau qui est installé à côté ?

– Au même étage, oui. C'est le patron de cette boîte, Pierre Gazier, qui a trouvé Ochoa. Il a entendu un cri, il s'est précipité sur le palier et il a aperçu un des tueurs, au moment où il dévalait l'escalier. Il a attendu l'arrivée des secours à côté du type en train de clamser. J'ai noté ses déclarations dans mon rapport. Ensuite, il a fait une déposition en règle, mais à la Crim.

– Et alors ?

– Médiasport s'est installé dans cet immeuble quinze jours après que Ochoa eut emménagé et a disparu de la circulation quelques jours après sa mort. Vous ne trouvez pas ça bizarre ?

L'image du bureau vide, d'où toute trace d'activité avait été éliminée, se forma dans le cerveau de Nicole. Cette fois, elle ne parvint pas à dissimuler complètement son excitation. Elle retint un instant son souffle et s'humecta les lèvres avant de demander :

– Et pourquoi le juge et la Criminelle auraient-ils négligé cette piste ?

Vayron se renversa en arrière en tirant une nouvelle bouffée. Il semblait se régaler de l'émoi de son interlocutrice.

– À votre avis ?

Elle eut un geste évasif.

– Je ne sais pas. Par négligence ?

– Un juge haut de gamme, les ténors de la Crim... Ce sont des pros, vous ne croyez pas ?

– Alors ?

– Alors, je vous laisse chercher. Après tout, c'est vous qui menez l'enquête... Moi, il faut que je retourne à la boutique.

Il se leva, fouilla dans ses poches à la recherche de monnaie, mais elle fut plus rapide que lui et tendit un billet au serveur. Il n'insista pas et se dirigea vers la sortie, sans attendre qu'elle ait récupéré sa monnaie. Elle le rattrapa sur le trottoir.

– Attendez une seconde, il y a tout de même une chose que vous ne m'avez pas expliquée. Comment pouvez-vous savoir qu'ils n'ont pas suivi cette piste, puisque vous ne vous êtes plus occupé de l'enquête ?

– Figurez-vous que j'ai quand même quelques copains dans la maison. Cela dit, je n'ai pas eu le dossier du juge Serpette sous les yeux. Je peux me tromper.

– Mais vous avez tout de même essayé d'en savoir davantage ?

– C'est humain, non ?

– Et vous n'avez pas été tenté d'écrire au juge ?

– Pour me ridiculiser ? Je vois que vous ne connaissez pas les usages de la boîte. Ce ne sont pas des choses qui se font.

– Et vous avez été muté du onzième au dix-neuvième. Il y a un lien ?

Il pencha à nouveau la tête de côté, avec son sourire ironique.

– Je vous ai dit ça ?

– C'était seulement une question.

– Bon, je ne m'ennuie pas avec vous, mais je dois vraiment retourner au taf. Bonne chance pour votre enquête. Et, s'il vous plaît, évitez de me citer. Je ne tiens pas à avoir des ennuis avec ma hiérarchie.

Cette exigence la déçut. Elle avait envisagé de faire de Vayron un personnage important. Le flic teigneux qui se voit retirer l'enquête mais persévère, contre l'avis de ses supérieurs.

– Je peux tout de même écrire que vous êtes arrivé le premier sur place ?

– Pas de problème, c'est de notoriété publique. Mais ne racontez pas que je débine la Crim. Ça ferait désordre.

Elle glisserait une formule ambiguë, du genre « certains policiers » ou « au sein de la police, tout le monde n'est pas convaincu que la Crim et le juge Serpette aient exploré toutes les pistes »... Mais une question restait sans réponse : pourquoi ? Il lui semblait inutile de pousser Vayron dans ses retranchements. Mieux valait revenir le voir quand elle aurait recueilli davantage d'informations.

– Merci tout de même de m'avoir accordé cet entretien, dit-elle, tout en ayant conscience du caractère platement protocolaire de cette formule.

– Tout le plaisir a été pour moi.

Vayron s'éloigna à grandes enjambées en direction du commissariat. La rencontre avait duré moins d'un quart d'heure. Nicole partit dans la direction opposée. Elle remonta la rue de Flandres, en direction de la station de métro. Elle n'avait jamais mis les pieds dans ce quartier, qui lui sembla pauvre et sale. Plus pauvre et plus sale que celui où Ochoa avait trouvé la mort, qui pourtant ne figurait pas parmi les plus chics de la capitale. A priori, il était donc permis de supposer que la mutation de Vayron équivalait à une sanction. Elle n'avait pas songé à lui demander quelles tâches précises lui incombaient dans le XIe arrondissement, mais celles-ci ne pouvaient pas être pires que les corvées qu'il s'appuyait maintenant. Ce commissariat sinistre était apparu à Nicole comme une véritable caricature du genre. Certes, elle n'en avait pas visité d'autres pour le moment, mais tout de même ! Comment pouvait-on faire travailler des gens dans un endroit pareil ? Bien qu'elle n'y eût pas passé plus de quelques minutes, elle avait le sentiment d'avoir exploré les bas-fonds. Son imagination se mit en marche. Des scènes sordides défilèrent dans son cerveau où se mêlaient des femmes battues, des brutes gorgées de bière, des SDF pouilleux, des marchands de drogue pitoyables et des flics blasés. Ce petit cinéma intérieur la plongea dans un spleen nostalgique. Elle se mit à regretter la jolie maison qu'elle occupait avec ses parents dans la banlieue de Genève. Elle avait pourtant beaucoup fantasmé sur Paris.

Elle décida de rentrer directement, bien que l'appartement d'Isabelle ne fût pas non plus très gai. Dès qu'elle aurait mis deux sous de côté, elle se trouverait quelque chose de plus sympathique, de préférence dans un quartier central, quitte à se contenter d'un studio. Au passage, elle fit quelques achats dans une supérette de la place des Fêtes : des tomates, un gratin de poisson surgelé, des yaourts et des fruits. Elle était bien décidée à économiser sur tout, y compris l'alimentation, jusqu'à ce qu'elle touche ses premières piges. Ses réserves fondaient à vue d'œil. Une bonne surprise l'attendait pourtant dans sa boîte aux lettres : une enveloppe portant le logo de *Ponctuel* qui contenait un chèque de mille euros, l'avance promise pour son enquête. Cette manifestation de confiance lui apporta une assez vive satisfaction d'amour-propre, en même temps qu'elle l'inquiéta : elle devait maintenant se montrer à la hauteur et sortir, sinon un scoop, un papier suffisamment original pour justifier le pari que Lubin et son patron avaient fait sur elle. Un instant tentée de fêter cette rentrée d'argent en s'offrant le restaurant, elle y renonça et se contenta de son surgelé. Elle expédia très vite son dîner pour se mettre au travail : elle classa ses notes, en recopia certaines sur son ordinateur portable, dont l'interview de Vayron, de façon à être certaine de n'en rien perdre, car il lui était déjà arrivé de ne pas réussir à se relire. Elle se plongea ensuite dans un manuel de procédure judiciaire acheté chez un soldeur, car elle estimait primordial de comprendre le mécanisme de la justice, aussi bien pour faire bonne figure quand elle se trouverait à nouveau devant des professionnels que pour éviter de se planter dans son papier en trahissant son ignorance par des détails erronés. Cette lecture ingrate suscita très vite des bâillements, elle l'abandonna donc pour suivre un feuilleton télévisé qui ne parvint pas non plus à la maintenir éveillée. Elle se déshabilla avec l'intention de prendre une douche avant de se coucher, puis se souvint tout d'un coup de la présence du fameux voyeur qui, s'il se trouvait à son poste, devait se régaler. Elle enfila donc un long T-shirt qui lui descendait à mi-cuisses et ferma les volets roulants. Une fois dans son lit, elle eut quelques difficultés à trouver le sommeil. Les péripéties de la journée continuaient de défiler dans sa tête. Elle s'efforça de penser à autre chose, à la dernière fois qu'elle avait fait l'amour avec Georges, qui était un véritable salaud, il n'y avait pas à revenir là-dessus, mais tout de même un excellent amant. Ces réminiscences eurent pour effet de l'exciter. Elle se caressa un peu, sans grande conviction, et finit par s'endormir plus ou moins apaisée. Des notes de piano la tirèrent d'un rêve assez agréable où elle skiait en compagnie de Vayron, le flic, dans une station chic qu'elle avait fréquentée au cours de son adolescence. La piste était accidentée et encombrée, mais elle se jouait des obstacles avec aisance. Elle se retourna, plongea la tête dans l'oreiller, mais la même phrase musicale, lancinante, lui vrillait les oreilles. Elle identifia les premières mesures de « La petite musique de nuit ». La voisine ne respectait donc pas son accord avec Isabelle ! De plus, elle jouait faux. Nicole prit sa montre, qui traînait sur la moquette, et constata qu'il était huit heures trente. Cette salope commençait tôt et elle écorchait pitoyablement Mozart, mais elle n'avait pas enfreint son contrat. Pour couvrir le piano, Nicole alluma le transistor et suivit la revue de presse pendant qu'elle préparait son déjeuner. Les notes lui parvenaient encore de façon étouffée, mais elle réussit à les oublier en se concentrant sur son plan de bataille de la journée. Elle dressa une liste assez impressionnante d'institutions et d'individus à contacter, en tête de laquelle elle plaça le juge Serpette et la brigade criminelle. À l'écart de cette liste, dans un angle de sa feuille de papier, elle inscrivit : « Retrouver le ou les patrons de Médiasport ». Sa première démarche consista toutefois à aller porter son chèque à la banque, opération qui prolongea le sentiment de satisfaction que ce règlement avait fait naître. Ensuite, elle décida d'aller s'installer dans la salle mise par Ponctuel à la disposition de ses pigistes pour passer ses appels téléphoniques, de façon à réaliser une petite économie supplémentaire, mais aussi dans l'espoir de faire des rencontres utiles. Ces espoirs furent déçus : il n'y avait pas un chat sur place et personne ne fit attention à elle. Elle aperçut Cohen, alors qu'il sortait d'un bureau, mais il ne la reconnut pas ou affecta de ne pas la reconnaître. De son côté, elle ne fit rien pour attirer son attention. Sans doute le rédacteur en chef se comporterait-il différemment quand elle aurait publié son enquête, surtout si celle-ci faisait un peu de bruit. Sans se laisser décourager par cette petite déception, elle plaça sa liste devant elle et décrocha le téléphone.

– Le Palais de Justice ? Je voudrais parler à Jean-Pierre Serpette.

Une secrétaire lui apprit que le juge était en audition et lui conseilla de le rappeler en fin de matinée, juste avant qu'il parte déjeuner. Nicole traça donc un petit cercle devant le nom du magistrat et passa au client suivant, Didier Brémont, un lieutenant de la Criminelle dont Lubin lui avait fourni les coordonnées. La chance ne lui sourit pas davantage : Brémont était paraît-il « en déplacement ». Deux heures plus tard, elle n'avait pas avancé. Elle n'avait pas réussi à joindre une seule des personnes présentes sur sa liste. Elle décida de s'octroyer une pause. Elle constata alors qu'elle n'était plus seule : un garçon brun et frisé s'était installé en face d'elle. Leurs regards se croisèrent.

– Gilbert Favart, annonça-t-il. Je suis pigiste. Comme vous, j'imagine.

Elle déclina son identité et confirma sa situation, sur un ton courtois, comme elle l'aurait fait dans un cocktail.

– Et vous êtes sur quoi, Nicole ?

– L'affaire Ochoa, et vous ?

– La traçabilité de la viande, la vache folle, si vous préférez.

– Passionnant ?

– Je dirais plutôt édifiant. Je crois que je ne mangerai plus jamais de bidoche. J'avais l'intention de faire un break, vous avez le temps de boire un jus ?

Elle ignorait les intentions de Gilbert Favart, mais elle accepta l'invitation. Elle avait un carnet d'adresses à remplir et il pourrait peut-être lui donner des tuyaux.

C'était un type volubile, bourré de tics, qui parlait avec les mains et employait systématiquement des expressions branchées avec une certaine affectation. Il l'entraîna dans un minuscule café de la rue de la Roquette dont les murs étaient tapissés de photos de stars des années cinquante et soixante. La musique, à base de rock, allait avec le décor.

– Comment trouvez-vous ce rade ?

– Eh bien, c'est assez sympa, dit-elle sans s'engager davantage – en fait elle n'aimait guère ce genre d'endroit.

– C'est mon quartier général, annonça Favart. J'y retrouve assez souvent quelques bons potes. Dans cinquante ans, peut-être qu'il y aura une plaque avec mon nom au-dessus de cette table, comme celle de Sartre aux Deux magots.

– Pourquoi, vous écrivez des traités de philo ?

– Non, des polars.

– Et ça marche ?

– Si j'étais auteur de best-sellers, ça se saurait, et je ne serais pas obligé de piger pour cet enfoiré de Cohen. Pour l'instant, j'ai publié un Poulpe et un recueil de nouvelles chez un petit éditeur, mais j'ai eu quelques bons papiers, alors j'espère sortir le suivant dans une grande boutique. On peut se tutoyer ?

– Bien sûr. Pourquoi dis-tu cet enfoiré de Cohen ?

– Parce qu'il paie au lance-pierre. On devrait être tellement flatté de signer dans son canard qu'il faudrait presque travailler gratos !

Elle faillit lui raconter qu'elle avait touché une avance, mais l'idée qu'elle avait peut-être, grâce à Lubin, bénéficié d'un traitement de faveur l'en dissuada.

– Je viens tout juste d'arriver à Paris, dit-elle, alors je prends ce que je trouve.

– Je comprends ça. Tu as négocié un forfait ou il te paie au feuillet ? Parce que, pour une enquête de ce genre, tu peux perdre un temps fou, alors s'ils te passent six feuillets à quatre cents balles, ça n'est pas rentable...

– Je vais avoir un forfait, mais je n'en ai pas encore négocié le montant.

– Tu as intérêt à le faire, crois-moi ! Enfin, c'est ton problème.

Elle n'osa pas lui demander combien il avait lui-même obtenu pour son enquête sur la viande.

– À part ça, toi qui écris des polars, tu n'aurais pas des relations parmi les flics ? On m'a donné le nom d'un type du Quai des Orfèvres, mais je n'arrive pas à le joindre.

– Désolé, la maison poulaga, ça n'est pas ma tasse de thé. Ils ont un service de presse. Tu peux toujours essayer de l'appeler. Mais, pour avoir des tuyaux béton, il faut vraiment bien connaître les gens. Sinon, ils ne te font pas confiance. Ils ne te racontent que les trucs officiels, la langue de bois. Ou alors ils essaient de te manipuler. Pourquoi as-tu choisi ce sujet, si tu ne connais personne ?

– C'est Dominique Lubin qui me l'a refilé, j'ai pensé que c'était une occasion comme une autre. Tu connais Lubin ?

– Un peu. C'est un vieux pote de Cohen. Ils doivent avoir fait 68 ensemble ou quelque chose de ce genre, tu vois le topo ? Ils sont de la même génération. Lubin n'a pas d'actions dans la maison, mais il est tout de même un peu chez lui. L'autre n'ose pas le traiter comme un pigiste ordinaire, il a mauvaise conscience.

– Il ne va tout de même pas signer le papier à ma place ? s'inquiéta Nicole.

– Non, ça n'est pas son style. Mais peut-être qu'il

t'a mise sur ce coup parce que ça lui aurait pris trop de temps ou qu'il craignait de trouver que dalle. Les vieux comme Lubin, ils ont une sorte d'instinct pour flairer les galères. Il rentabilise son temps à mort.

La façon de parler de Favart déplaisait à Nicole, qui s'appliquait pourtant à lui sourire sans laisser deviner son irritation. Elle avait discrètement observé le pigiste. Celui-ci était plutôt beau gosse, mais dans le genre négligé, avec une chemise sans col à laquelle manquait un bouton, un pantalon de toile kaki sans pli, de vilaines chaussures noires à tige montante du genre de celles qu'on achète dans les surplus militaires. À son poignet, il arborait une grosse montre sur laquelle s'agitait Betty Boop en guise de trotteuse.

– Tu as une adresse e-mail ? demanda-t-il sans transition.

Elle lui remit une carte. En échange il griffonna son adresse électronique sur une feuille quadrillée arrachée à un minuscule bloc.

– On se fait coucou un de ces quatre, conclut-il, et si j'ai un tuyau, je te l'envoie. Pareil pour toi ?

– Pareil pour moi, fit-elle en pliant soigneusement la feuille.

Il se pencha pour lui faire la bise. Elle accepta la bise et le regarda s'éloigner en se demandant si elle s'était fait une relation intéressante. Gilbert Favart avait vraiment la dégaine et la panoplie complète du snob pauvre. Et, à tout prendre, elle préférait les snobs riches.

8

Daniel Soriano avait claqué assez rapidement les trois mille dollars que lui avait rapportés sa participation à l'assassinat d'Ochoa. Il avait commencé par s'offrir quelques grammes de coke, puis il avait craqué pour un ensemble de cuir qu'il avait repéré depuis un certain temps dans une vitrine du Sentier, enfin il avait fait la tournée des boîtes gay et avait dépensé le reste avec des compagnons de rencontre. Il vivait dans une minuscule chambre de bonne de l'avenue de Clichy, qu'il avait tapissée de posters de vedettes de cinéma mâles, parmi lesquelles l'Espagnol Miguel Bosé avait sa préférence – il avait vu quatre fois *Talons aiguilles* rien que pour lui. Ces stars arrogantes voisinaient avec des paysages de son pays natal : le désert d'Atacama, les Andes, les glaciers du sud, qu'il n'avait jamais vus. Il avait beaucoup voyagé et visité toutes sortes de pays, mais, dans le sien, il ne s'était jamais éloigné de plus de cent kilomètres de Santiago. Comme Casado, il était chilien et originaire de la *poblacion* de Conchali. C'était peut-être ce qui les rapprochait, au-delà de leurs intérêts professionnels, car ils n'avaient pas beaucoup d'autres points en commun.

Pour payer son passage en Europe, Soriano s'était prostitué, en général il draguait ses clients derrière la

Plaza de armas, dans l'ombre de la cathédrale, et leur taillait des pipes dans leurs voitures. Il avait ainsi fait la connaissance d'un Anglais qui était tombé plus ou moins amoureux de lui, l'avait embarqué à Londres et hébergé pendant quelques mois dans sa jolie maison de Chelsea. Il avait faussé compagnie à l'Anglais, en faisant main basse au passage sur divers objets de valeur, dont des montres de collection. Pour les revendre, il lui avait fallu entrer en contact avec toutes sortes de gens et c'est ainsi qu'il avait mis le pied dans le monde du crime pour lequel il ne se sentait pas à l'origine d'attirance particulière. Un receleur pakistanais avait essayé de le doubler et cette trahison s'était soldée par un coup de couteau. Soriano avait pris l'habitude de porter une lame sur lui, pour se protéger des clients cinglés, et il l'avait conservée. Quand il avait appris la mort du Pakistanais, il avait préféré mettre la Manche entre Scotland Yard et lui. Il avait débarqué sans crier gare chez un architecte à qui il avait fauché sa carte de visite après avoir passé la nuit avec lui dans un hôtel de Bond Street. L'architecte habitait un superbe duplex Place des Vosges avec sa femme et ses trois enfants. Il avait enfilé un manteau et emmené Soriano jusqu'au plus proche distributeur de billets, où il avait tiré huit cents euros, le maximum autorisé, qu'il lui avait donnés en lui faisant jurer de ne plus remettre les pieds chez lui. Soriano avait encore un peu tapiné, travaillé de temps en temps comme barman, volé à l'occasion, ce qui lui avait valu trois mois à Fleury Merogis et une menace d'expulsion à laquelle il avait échappé de justesse. Soriano avait rencontré Casado après sa sortie de prison, alors qu'il cherchait à acheter un faux passeport. L'autre avait deviné qu'il avait affaire à un homosexuel et s'était montré très réservé, mais son attitude avait complètement changé quand il avait appris que Soriano venait de Conchali. Il lui avait donné une bonne adresse et l'avait embauché. Pour le mettre à l'épreuve, il avait commencé par l'utiliser comme guetteur pendant qu'il donnait un avertissement musclé à un revendeur de coke qui ne payait pas ses fournisseurs. Soriano s'était correctement tiré de cette épreuve, qui ne lui avait rapporté que deux cents euros ; mais, après tout, c'était moins pénible que de se faire deux ou trois clients. Ça n'avait pas duré plus de dix minutes qu'il avait passées à surveiller la rue, assis dans une voiture. Ensuite Casado l'avait mis sur des coups un peu plus gros, puis, un jour, il lui avait demandé s'il était disposé à faire le chauffeur pour exécuter un contrat dont il n'avait pas précisé la nature. « *No problem* », avait-il répondu.

Soriano était allongé sur son lit, les mains sous la nuque, torse et pieds nus, avec pour seul vêtement son pantalon de cuir. Ses traits, qui avaient été très fins, avaient tendance à s'empâter et, faute d'exercice, il avait pris un peu de ventre. L'abus de brillantine avait rendu graisseuse sa crinière noire qu'il attachait en queue de cheval derrière la nuque, dans le style *latin lover* qu'il affectionnait. En opération, il la dissimulait sous une casquette ou un bonnet. Casado lui avait plusieurs fois intimé l'ordre de la couper, mais il n'avait pas pu s'y résoudre. Cette queue de cheval faisait partie de sa personnalité, comme d'autres portent la barbe ou la moustache. Même s'il avait perdu ce charme incomparable de l'adolescence qui rendait dingues de lui certains de ses clients, il se savait encore très séduisant quand il décidait de s'arranger, ce qui n'était pas le cas aujourd'hui, car il n'avait pas le moral. Cette chambre minuscule lui rappelait sa cellule de prison. Il n'avait plus un gramme de coke, il ne lui restait que trois billets de vingt euros et quelques pièces de monnaie, Casado ne l'avait plus contacté depuis l'exécution d'Ochoa et il n'avait aucune envie de se remettre au tapin. Pendant des années, il n'avait guère souffert de ses relations mercenaires avec des inconnus, mais maintenant il trouvait ces étreintes répugnantes. Il aspirait à des relations stables où l'affectif aurait une place au moins aussi importante que la sexualité, à une vie de couple dans un confort petit-bourgeois, ce qui, il le savait, n'était guère compatible avec sa façon de gagner sa vie. S'il avait eu un peu d'argent de côté, il aurait volontiers ouvert un bar ou un restaurant, mais il était incapable d'économiser.

Il se leva, d'un bond, alla s'examiner dans la glace placée au-dessus d'un petit lavabo et se trouva mauvaise mine. Il se doucha, se rasa, se coiffa, se maquilla très légèrement les yeux et les lèvres – il savait faire en sorte que ces artifices soient pratiquement invisibles. Il s'habilla ensuite d'une chemise blanche brodée et d'un costume gris anthracite très sobre, pas du tout le genre folle, chaussa des mocassins noirs et attacha à son poignet une montre rectangulaire en argent, une de celles qu'il avait fauchées à l'Anglais, qu'il n'avait pas réussi à vendre à un prix intéressant et qu'il avait conservée en souvenir. Elle prenait dix minutes de retard par jour, mais elle en jetait. Il se trouvait ainsi l'allure d'un artiste branché. Avant de sortir, il risqua un œil par la fenêtre, qui donnait sur une cour intérieure, constata qu'il bruinait et enfila un long imperméable à épaulettes qui lui donnait de la carrure.

Soriano prit le métro, descendit au Châtelet, remonta la rue Saint-Denis jusqu'au quartier des Halles, pénétra dans un bistro qui était fréquenté par des latinos, surtout des Colombiens mais aussi des Argentins et quelques Chiliens. Il y avait de tout parmi eux, des dealers, des prostitués des deux sexes, mais aussi des artistes et des intellectuels venus s'encanailler. Il était encore un peu tôt pour espérer rencontrer des gens intéressants. Après avoir commandé une bière et demandé au barman, qui le connaissait bien, de remplacer la mièvre bossa-nova que jouait la sono par un disque de Chavela Vargas, il alla s'installer dans un angle du rade. Il ferma les yeux, se laissa envelopper par la voix rauque de la chanteuse mexicaine et se mit à dodeliner de la tête en murmurant les paroles de *Luz de luna*.

9

Les bureaux de la commission de la carte des journalistes étaient installés dans une petite galerie marchande à laquelle Nicole Sarlat trouva des allures de coupe-gorge. Elle s'attendait à un tout autre environnement. L'intérieur, sans être luxueux, ressemblait davantage à ce qu'elle avait imaginé. Elle fut reçue par une jeune femme installée devant un ordinateur qui commença par lui demander si elle avait déposé un dossier.

– Non, pas encore, répondit-elle. En fait, jusqu'ici, je travaillais en Suisse. (Elle crut bon d'exhiber sa carte périmée.) Je suis surtout venue pour vous demander un renseignement.

– Tout est expliqué sur les formulaires.

– Non, pas ce genre de renseignement, je voudrais savoir si vous avez les coordonnées d'un confrère du nom de Pierre Gazier.

La femme la dévisagea pendant quelques secondes avant de répondre.

– Nous ne sommes pas habilités à donner ce genre de renseignement. C'est confidentiel.

– C'est un ami, improvisa Nicole, il faut absolument que je le retrouve.

– Avez-vous cherché sur le Minitel ?

– Bien entendu. Mais il est certainement sur liste rouge.

– De toute manière, il peut avoir changé d'adresse depuis l'établissement de sa dernière carte de presse...

– Soyez compréhensive, je vous en prie. Si vous n'avez pas confiance en moi, prenez des renseignements auprès d'Alain Cohen, le rédacteur en chef de *Ponctuel*. Je travaille pour lui et j'ai absolument besoin de rencontrer Pierre Gazier.

Cette référence parut ébranler son interlocutrice. Celle-ci hésita encore pendant quelques secondes, puis se décida à pianoter sur son clavier.

– Désolée, il y a une Michèle Gazier, mais je ne vois pas de Pierre Gazier. Vous êtes certaine de l'orthographe ?

– Je crois...

– Vous croyez ? Dans quel journal travaille-t-il ?

– *Médiasport*.

Elle saisit ce mot sur son clavier, se pencha sur le moniteur.

– Je ne vois pas non plus de *Médiasport*.

– C'est impossible ! J'ai visité les locaux du journal. Vous ne voulez pas me laisser regarder ?

Elle esquissa le mouvement de contourner le bureau, l'autre l'arrêta d'un geste, avec l'expression courroucée d'une personne qui ne supporte pas qu'on pénètre dans son domaine.

– Certainement pas ! (Le cri du cœur.) C'est rigoureusement interdit, où vous croyez-vous ? On laisse n'importe qui consulter des listings professionnels confidentiels, en Suisse ?

– Pardonnez-moi, c'est important et... Je vous prie d'accepter mes excuses.

Cette retraite parut amadouer la femme.

– Si je vous ai dit qu'il n'y a ni Pierre Gazier ni *Médiasport*, c'est qu'il n'y en a pas. Je suis habituée à utiliser cette base de données, nous gérons tout de même trente mille cartes sans nous tromper.

– Je ne mets pas vos compétences en doute. Je vous remercie et je regrette de vous avoir dérangée.

– Ce n'est rien, mais vérifiez tout de même vos informations.

Le ton était légèrement ironique. Voilà qu'elle lui faisait la leçon, maintenant ! Une pointe d'humiliation assaillit Nicole. Pourtant la satisfaction d'avoir peut-être mis le doigt sur un point important chassa très vite ce sentiment désagréable.

Au sortir de la galerie, elle emprunta la rue Lafayette, qu'elle remonta en direction de la gare de l'Est et s'arrêta devant le premier magasin de journaux qu'elle rencontra. Il était tenu par un homme âgé qui mangeait un sandwich.

– Bonjour, je voudrais le magazine *Médiasport.*

– Médiaquoi ?

– *Médiasport.*

– Connais pas. C'est nouveau ?

– Non, mais peut-être que ça a cessé de paraître.

– Négatif. Ma petite dame, je suis dans la presse depuis trente-cinq ans. Les journaux, je les connais par cœur. Même les petits canards de philatélie ou de modèles réduits. Si ça existait, je le saurais...

Il parlait la bouche pleine en faisant des bruits écœurants.

– Vous êtes certain ?

– Sûr et certain. Prenez plutôt *L'Équipe* ou .....

Elle se sentit obligée de lui acheter *Le Monde*. Elle n'avait pas de monnaie. Il lui rendit un billet de dix euros graisseux sur lequel ses doigts avaient écrasé des miettes de pâté, qu'elle n'osa pas refuser. Elle le plia en quatre et le rangea à part dans son sac. Le marchand observait ses gestes méticuleux avec un air bon enfant.

– *Médiasport*, inconnu au bataillon ! répéta-t-il.

Nicole reprit sa marche en direction de la gare de l'Est. Ces informations l'avaient excitée, mais la vision du bonhomme mangeant son sandwich lui avait coupé l'appétit, bien qu'il fût treize heures passées. Elle décida de sauter son déjeuner et de se rendre à pied jusqu'au Quai des Orfèvres, où elle avait réussi à obtenir un rendez-vous avec un lieutenant de la brigade criminelle en début d'après-midi. La marche était un moyen de visiter Paris qu'elle connaissait peu. La descente des boulevards de Strasbourg et de Sébastopol la déçut : il n'y avait pas grand-chose à voir, la plupart des magasins étaient laids. Elle fut cependant surprise par les boutiques de coiffeurs africains et antillais où des jeunes femmes qu'on apercevait au travers des vitrines se faisaient décrêper les cheveux. Alors qu'elle s'attardait devant ce spectacle, un dandy noir l'accosta, Ray-Ban sur le nez, costume trois-pièces à fines rayures digne d'un ministre et fausse Rolex au poignet. Elle prit cet inoffensif sapeur pour un proxénète et l'éconduit, sans agressivité mais fermement. Il n'insista pas trop. Comme elle était un peu en avance, elle fit un détour dans le quartier des Halles, s'installa dans une brasserie où elle commanda une salade composée. Cette balade lui avait donné faim. Elle profita de ce déjeuner frugal pour noter sur son calepin les questions qu'elle allait poser à l'enquêteur de la brigade criminelle.

Elle se présenta un peu plus tard à l'entrée du Quai des Orfèvres, où un planton installé dans une sorte de cage vitrée lui demanda une pièce d'identité puis l'invita à attendre le lieutenant Brémont. Celui-ci arriva quelques minutes plus tard. C'était un type d'une quarantaine d'années, de taille moyenne, qui avait plutôt l'allure d'un enseignant avec son costume en velours côtelé et ses petites lunettes à monture métallique. Il était aussi différent qu'on peut l'être de Vayron, le policier arrivé sur place le premier. Nicole se sentait beaucoup plus à l'aise avec lui. Pour parvenir jusqu'à son bureau, il fallait se plier à diverses formalités, traverser un sas et gravir des escaliers, dont la cage était encadrée de filets.

– Ce sont des filets antisuicide, expliqua Brémont. Les visiteurs sont toujours un peu surpris. On les a installés depuis qu'un type en garde à vue s'est jeté dans la cage d'escalier.

Nicole se demanda si cet individu avait été poussé à cet acte de désespoir par des mauvais traitements, voire des tortures – elle avait lu récemment un article sur les exactions policières –, mais elle se garda de poser la question.

Les bureaux étaient exigus, mais les collègues de Brémont étaient très différents des policiers que Nicole avait rencontrés dans le commissariat du XIXe arrondissement. On aurait pu les prendre pour des enseignants ou des journalistes. Ils saluèrent poliment la visiteuse et la laissèrent en tête à tête avec Brémont qui ne semblait pas disposer d'un bureau indépendant.

– Vous préparez un papier sur l'affaire Ochoa, si j'ai bien compris.

– Pour *Ponctuel*, précisa-t-elle. Je crois que vous connaissez Dominique Lubin.

– Nous avons eu l'occasion de nous rencontrer, en effet. Mais je crains de ne pas pouvoir faire grand-chose pour vous. Pour le moment, l'enquête est en stand-by.

Et, s'il y avait du nouveau, je le réserverais pour le juge d'instruction.

Elle fut tentée de lui demander pourquoi, dans ces conditions, il avait accepté de la rencontrer.

Peut-être pour renvoyer l'ascenseur à Lubin. Néanmoins cette visite n'était pas inutile : elle lui fournissait des images du mythique Quai des Orfèvres.

– Vous n'avez aucune piste ? Aucune idée ?

Cette question le fit sourire.

– Des idées, nous en avons des quantités ! Mais il ne suffit pas d'avoir des idées. Nous ne fonctionnons pas comme les détectives de roman. Avez-vous vous-même une idée de notre travail ?

Elle en avait une.

– Je ne suis tout de même pas si naïve que vous avez l'air de le croire. C'est un travail lent et minutieux, je ne l'ignore pas.

– Nous examinons toutes les hypothèses, une par une, nous procédons à des recoupements. Mais, pour travailler, nous avons besoin d'éléments et cette fois nous n'en avons pas. Nous ignorons tout de cet homme qui n'avait ni famille ni amis en France à notre connaissance. Il fréquentait des diplomates latino-américains, mais ce ne sont pas des gens très bavards. Il aurait peut-être fallu aller interroger ses proches en Bolivie, mais le juge n'a pas estimé cette démarche indispensable. C'est une procédure compliquée et coûteuse aux résultats aléatoires. Si ce sont des membres d'un service secret quelconque qui ont exécuté Ochoa, vous pensez bien qu'ils ne vont pas nous le raconter. Et vous imaginez la situation d'un policier ou d'un juge français qui débarque en Amérique du Sud. Son travail dépend entièrement de la bonne volonté des autorités et de la police locale.

– Vous semblez privilégier la thèse d'un assassinat commandité par les Boliviens.

– Nous ne privilégions rien du tout, et surtout n'écrivez pas des choses de ce genre. Je n'ai pas envie d'être à l'origine d'un incident diplomatique !

Nicole sentit qu'elle avait mis le doigt sur un point important, sinon le plus important : les flics avaient reçu la consigne de ne pas faire de vague. Ce dossier leur brûlait les doigts.

– Et cette décision de mettre le dossier en stand-by... Il y a eu une intervention... ?

Cette fois il se mit à rire.

– Je vous vois venir. Vous voulez savoir si nous avons subi des pressions pour étouffer l'affaire. D'abord, si c'était le cas, croyez-vous que j'irais le crier sur les toits ? Ensuite, je vous réponds non, et certainement pas à mon niveau. Je ne vous dis pas que ça ne peut pas arriver, mais il ne faut pas devenir parano et imaginer de mystérieuses interventions chaque fois qu'une affaire n'aboutit pas. De toute manière, c'est plutôt au niveau du juge d'instruction que de telles pressions s'exercent. Je ne sais pas si vous savez comment fonctionne la machine judiciaire, mais c'est le juge qui conduit l'enquête. Il ne fait que déléguer ses pouvoirs aux officiers de police judiciaire, c'est-à-dire à nous.

C'était au moins la seconde fois qu'on insinuait qu'elle ignorait la procédure. Elle faillit répliquer qu'elle venait de se coltiner un gros manuel, mais se contenta d'écouter poliment cette tirade.

– Des tonnes d'autres dossiers sont au point mort, poursuivit Brémont. Regardez les piles de classeurs dans cette armoire, derrière vous, en voici quelques-uns. Certains remontent à plusieurs années. On les ouvre quand survient un fait nouveau...

Nicole se retourna pour considérer l'armoire métallique et les dossiers en question. Tout cela faisait vieillot et poussiéreux, et ne cadrait pas avec l'idée qu'elle avait d'une des polices les plus performantes du monde.

– Il n'y a pas d'archivage informatique ?

– Ce n'est pas si simple que ça. Il faut conserver les pièces originales, les dépositions signées. Les documents que nous pouvons sortir d'un ordinateur sont assimilables à des photocopies. Ils n'ont pas la même valeur. Mais vous n'êtes pas venue pour faire un reportage sur nos méthodes de classement ?

– Non, mais je suis curieuse de nature, c'est mon métier de journaliste. Je profite de l'occasion pour m'instruire.

– Alors peut-être une autre fois, dit Brémont en se levant à demi pour lui signifier la fin de l'entrevue. Et, si vous voulez davantage de détails, adressez-vous au service de presse de la préfecture. Ils seront ravis de vous faire visiter les labos de la police scientifique.

Elle ne put dissimuler sa déception.

– J'espérais...

– Qu'est-ce que vous espériez ? Que j'allais vous donner le nom de l'assassin, ou mieux du commanditaire du meurtre, et vous raconter qu'on nous a ordonné de détruire toutes les preuves parce qu'il s'agit d'un gros bonnet couvert jusqu'aux yeux qui arrose le ministre de l'Intérieur ? Ou vous remettre une cassette vidéo ? Désolé, je n'ai pas de scoop à vous proposer.

– Je comprends, mais vous pouvez peut-être me donner quelques détails pour mon papier.

Brémont se rassit.

– Eh bien, vous pouvez dire que nous avons procédé à toutes les investigations traditionnelles : audition des témoins, enquête de voisinage, relevés balistiques... Ah, si vous voulez des détails, sachez que les projectiles sont de calibre 7,65 et qu'ils ont été tirés par une arme unique, très probablement un M-61 Skorpion de fabrication tchécoslovaque. Un seul des tueurs a donc tiré, alors que l'autre restait sans doute en couverture. Du travail de professionnel. L'autopsie a révélé que le cœur, le poumon droit, l'estomac, le foie et les intestins avaient été perforés. De quoi mourir plusieurs fois. Nous avons relevé vingt impacts de balles. Ce qui correspond au contenu du plus grand modèle de chargeur d'un M-61. L'assassin a vidé son chargeur. Ça vous va ?

Elle s'empressa de noter ces détails, se fit répéter le nom de l'arme, qu'elle avait mal compris.

Une question la brûlait : au cours de cette enquête de voisinage, avaient-ils mené des recherches sur Médiasport, ce magazine impossible à dénicher, ses bureaux vides et son patron inconnu dans les fichiers de la carte de presse ? Mais, en leur révélant qu'elle avait mis le doigt sur cette lacune, elle risquait de se griller et de laisser échapper une des rares informations originales dont elle disposait. Peut-être les flics, certains d'avoir affaire à d'insaisissables tueurs professionnels manipulés par de très lointains commanditaires, avaient-il bâclé leur enquête, ou bien, en dépit des protestations de Brémont, les avait-on incités à faire vite, trop vite pour être efficaces... Mieux valait garder quelques billes pour elle seule.

– J'ai rencontré hier M. Vayron, le premier de vos collègues qui est arrivé sur place.

– Vos renseignements sont inexacts. Le premier policier sur place était un brigadier en uniforme, Vayron n'est arrivé qu'après lui. À quelques secondes d'écart, je vous l'accorde, mais tout de même après lui.

Le brigadier s'était tout simplement engagé le premier dans l'escalier. Mais ni lui ni Vayron n'ont été chargés de l'enquête. Dans notre profession comme dans la vôtre, madame, il y a une division du travail. La police criminelle, c'est une spécialité, qui comme celles de journaliste sportif ou de chroniqueur judiciaire, exige une certaine qualification.

Elle avala désagréablement sa salive. Voulait-il insinuer que Vayron n'était pas qualifié, ou qu'elle-même était incompétente ? Avait-il voulu la moucher ? Lui révéler que Vayron estimait que toutes les pistes n'avaient pas été explorées n'aurait guère été adroit dans ces circonstances.

La voyant quelque peu désemparée, Brémont consentit à lui sourire.

– Pourquoi ne pas orienter votre article sur le passé d'Ochoa, son rôle en Bolivie. Vous trouverez facilement des documents là-dessus...

Voilà maintenant qu'il lui donnait des leçons de journalisme !

– C'est une idée, dit-elle néanmoins.

Il la raccompagna jusqu'au sas du rez-de-chaussée.

– À votre avis, demanda-t-elle, pourquoi le juge Serpette refuse-t-il de me recevoir ?

– C'est un homme de principe. Et son principe, c'est de ne pas parler à la presse, ni à vous ni à personne d'autre. De toute manière, il n'aurait rien de plus à vous dire : son dossier, c'est mon dossier. À moins que la DGSE, la DST ou les RG lui aient fait des révélations dont il ne m'a pas informé. À propos, vous avez essayé de rencontrer des gens de la DST ou des RG ? Vous pouvez toujours tenter le coup. En principe, ils sont censés remplir des petites fiches sur les personnages du calibre d'Ochoa dès qu'ils mettent les pieds sur le territoire national. C'est pour ça qu'on les paie. Demandez donc à Lubin, il doit bien avoir quelques contacts de ce côté-là...

À l'instant où elle sortait du 22, quai des Orfèvres, trois hommes portant des brassards orange la dépassèrent en courant. Ils s'engouffrèrent dans une petite Peugeot qui démarra aussitôt. Par la fenêtre de la portière, l'un des passagers plaça un gyrophare sur le toit. La voiture tourna à gauche, en direction du Châtelet. Le départ de l'équipe de Brémont pour se rendre sur les lieux de l'assassinat d'Ochoa avait dû se dérouler de cette façon et ils avaient pris la même direction. Nicole s'efforça de graver ces images dans sa mémoire, puis se retourna pour jeter un dernier regard sur l'imposant bâtiment qui abritait la Préfecture de police. Que de drames sanglants et sordides aboutissaient dans ces lieux pour être transformés en dossiers classés dans des armoires métalliques comme celle que lui avait montrée Brémont ! Un sourire passa sur les lèvres de la jeune femme : elle venait peut-être de trouver une bonne accroche ! Cette idée fit revenir sa bonne humeur et son optimisme professionnel que les entretiens de ces jours derniers avaient émoussés. Elle traversa le pont Saint-Michel et alla flâner parmi les bouquinistes. Face au pont des Arts, elle trouva un stand spécialisé dans les livres consacrés à la Seconde Guerre mondiale. Elle y acheta un ouvrage illustré sur l'Occupation, en vue de l'offrir à son père qui se passionnait pour cette période. Elle paya sans discuter le prix demandé, car elle avait horreur de marchander. Ce cadeau serait un bon moyen de renouer avec ses parents, par le même courrier elle leur ferait savoir qu'un magazine important lui avait confié une enquête. En dépit des conflits répétés qui l'avaient amenée à quitter Genève, elle demeurait très soucieuse de se valoriser auprès de sa famille.

Quand elle fut de retour dans le petit appartement de la place des Fêtes, elle entreprit aussitôt de rédiger ses notes sur son ordinateur portable, comme elle l'avait fait pour les interviews précédentes. Elle procéda ensuite à des recherches sur le Web où elle découvrit un site consacré aux armes. Elle y trouva toutes sortes de détails sur le M-61 Skorpion, dont des photos qu'elle enregistra. C'était, à en croire les animateurs de ce site (des fanatiques) une des armes de poing favorites des barbouzes et aussi des mafias de l'Europe de l'Est, en concurrence avec un modèle de fabrication israélienne dont elle nota aussi les références.

Un encadré précis sur l'arme du crime ferait bon effet. Peut-être n'allait-elle pas sortir un scoop, mais elle montrerait qu'elle avait mené une enquête minutieuse et ingrate, à la manière des flics du Quai des Orfèvres, et fournirait ainsi la preuve de son professionnalisme.

La voisine pianiste lui gâcha un peu de sa satisfaction en massacrant une étude de Chopin.

Inutile de monter lui demander des comptes : l'heure du cessez-le-feu n'avait pas encore sonné.

Pour faire diversion, Nicole décida de se libérer de la corvée qu'elle repoussait depuis maintenant huit jours : le chat. Elle monta donc chez cette Mme Séguier qui occupait l'appartement 114, au onzième étage de l'ascenseur B. Celle-ci l'accueillit aimablement, insista pour lui offrir un thé, bien que l'heure fût passée depuis longtemps, et lui prodigua d'innombrables recommandations. L'animal ne consommait que certaines marques d'aliments, et il fallait surtout lui donner régulièrement des produits frais, changer sa litière au moins deux fois par jour et enfin faire très attention aux fenêtres – dans une tour comme celle-ci, on ne sait jamais. Nicole, bien qu'elle en eût fortement envie, n'osa pas lui suggérer de garder la bête. Celle-ci ne semblait pourtant pas pressée de changer de logis : il fallut la courser et l'attraper sous un buffet où elle s'était réfugiée toutes griffes dehors pour essayer d'échapper à ce transfert. On l'enferma donc dans un panier pour permettre à Nicole de la transporter sans risque. Dès qu'il eut retrouvé son appartement habituel, le félin retrouva sa sérénité et, après un tour du propriétaire, vint se frotter contre les jambes de Nicole qui n'en demandait pas tant. Elle prépara donc son repas et celui du chat, qui se jeta avec voracité sur le festin – ce qui semblait indiquer que Mme Séguier ne le nourrissait pas aussi bien qu'elle le prétendait. À l'issue de ces agapes, le concert de la voisine avait cessé, de sorte que Nicole put se remettre au travail. Il lui fallait boucler une des piges qui lui avaient été commandées : un papier sur une chaîne de pubs irlandais que venait de lancer un fabricant de bière.

Au moment de rédiger son article, elle réalisa qu'elle n'avait jamais mis les pieds dans l'un de ces établissements. Certes Lubin lui avait affirmé qu'elle pouvait se contenter de la documentation – une luxueuse brochure en quadrichromie –, mais elle avait besoin de sentir l'ambiance, même pour un papier purement alimentaire. Toujours ce souci de perfectionnisme. Petit problème : elle ignorait si une femme seule pouvait décemment se pointer le soir dans un bistro de ce genre sans être aussitôt soupçonnée par tous les mâles présents de chercher quelqu'un à mettre dans son lit. La sonnerie du téléphone la tira de ces méditations.

– Nicole Sarlat ? Je ne sais pas si tu te souviens de moi : Gilbert Favart. Nous nous sommes rencontrés à *Ponctuel*. Tu es toujours sur cette enquête, le politicien latino qui s'est fait rétamer ?

– Toujours.

– Alors j'ai un plan à te proposer.

– Je t'écoute.

– Le téléphone, ça n'est pas vraiment mon truc. On peut se voir ?

– Pourquoi pas.

– Quand ?

– Quand tu veux... (L'idée germa brusquement :) Tout de suite, tu m'accompagnes chez *Murphy's House*, il faut que j'y aille pour un papier.

– Quoi, ce truc ringard ? J'ai des boîtes beaucoup mieux à te proposer.

– C'est professionnel, je viens de t'expliquer que j'ai un papier à faire sur ce pub.

Il capitula immédiatement, et ils se donnèrent rendez-vous pour vingt-deux heures. La première préoccupation de Nicole fut de choisir les vêtements qu'elle allait porter. Elle n'avait pas grand-chose qui convienne pour sortir le soir. Après réflexion, elle décida qu'il valait mieux paraître trop décontractée que pas assez : elle serait ridicule en tailleur avec un type de ce genre. Elle opta pour un ensemble en jean – blouson et pantalon – qui avait déjà vécu mais plaisait généralement aux hommes et des bottines qui la grandissaient. Elle se coiffa et se maquilla soigneusement, discrètement comme toujours, puis procéda à une dernière revue de détail devant la glace de l'armoire, la seule qui lui permettait de se voir en pied.

Cette inspection lui donna satisfaction. Elle était si contente de se changer un peu les idées qu'elle se réconcilia avec le chat qui traînait dans ses jambes et voulait la suivre : elle le gratifia d'une caresse avant de le repousser pour pouvoir refermer la porte.

10

Soriano commençait à désespérer de faire une rencontre intéressante quand Chiqui fit son entrée dans le bistro. C'était un homme grand et fort, au front massif et dégarni, qui compensait sa calvitie en se laissant pousser une grosse moustache poivre et sel et utilisait ce qui lui restait de cheveux pour se faire une petite tresse qui pendouillait dans son cou de taureau. Il s'habillait généralement en cuir et portait un anneau d'or à l'oreille gauche. Sa carte d'identité le désignait sous le nom de Christian Maupuis et personne ne savait d'où lui venait le sobriquet de Chiqui, lui pas davantage que les autres. Comme Soriano, il était gay, mais ils n'avaient jamais eu de relations sexuelles : Chiqui, sans être à proprement parler pédophile, n'appréciait que les très jeunes gens – c'était peut-être ce penchant qui lui valait son surnom. Il avait voyagé dans divers pays pour assouvir ses pulsions, dont l'Amérique latine, qui l'avait séduit, non seulement pour le bon rapport qualité-prix de son marché du sexe mais pour toutes sortes d'autres raisons plus nobles : ses paysages, sa musique, le tempérament de ses habitants ; il avait le sentiment de continuer à entretenir des liens privilégiés avec cette région du monde en fréquentant des latinos. D'ailleurs on le prenait assez souvent lui-même pour un Sud-Américain et rien ne pouvait lui faire plus plaisir. Chiqui tenait une minuscule boutique de location de cassettes vidéo dans la rue Saint-Denis, où l'on pouvait trouver comme dans toutes les officines de ce genre un bon pourcentage de films pornographiques, mais aucun qui puisse lui valoir des ennuis avec la justice ; il y veillait attentivement et ne mélangeait pas ses affaires et sa vie privée. En revanche il tirait l'essentiel de ses revenus de toutes sortes d'activités totalement étrangères à ce commerce dont il laissait le plus souvent la garde à un vendeur asiatique qui somnolait sur son comptoir. C'est au titre de ces activités qu'il avait déjà utilisé les services de Soriano.

Chiqui traversa la salle du bistro d'un pas lourd, serra quelques mains, dont celle du patron, adressa un clin d'œil à Soriano quand il remarqua sa présence, puis alla s'accouder au bar où il se lança dans un conciliabule avec un personnage grand et maigre affublé d'une veste écossaise aux couleurs criardes. Soriano attendit patiemment que Chiqui ait réglé ses affaires. Quand Chiqui eut mené à bien ses mystérieuses négociations, il alla rejoindre Soriano, son verre à la main. Les deux hommes se donnèrent de grandes claques dans le dos.

– Tu n'aurais pas un plan pour moi ? demanda Soriano, après avoir échangé quelques banalités avec l'autre.

Chiqui perdit un peu de sa jovialité.

– Ça peut se faire, si tu es discret.

– Comme toujours, tu me connais ! protesta Soriano, la main sur le cœur.

– J'aurai peut-être quelque chose à te proposer dans deux jours. Pointe-toi au Rialto. J'y serai jeudi à partir de onze heures. C'est plus discret qu'ici. Je n'aime pas raconter ma vie dans ce rade.

Chiqui traitait l'essentiel de ses transactions dans des bistros et des brasseries.

Soriano accepta le rendez-vous puis, après avoir hésité un court instant, demanda :

– Tu n'aurais pas un peu de coke ? Je suis complètement à sec.

Les petits yeux sournois de Chiqui scrutèrent le Chilien.

– Je ne touche pas à ces trucs-là, je croyais que tu le savais. Tu es accro ou quoi ? Moi, je n'aime pas travailler avec des types chargés.

– Mais non, je ne suis pas accro. J'en prends juste pour le fun. Quand je travaille, je suis net.

– Et ton pote, *El Negro* ? Qu'est-ce qu'il devient ?

– Je n'en sais rien. Je ne l'ai pas vu depuis un bail.

Depuis l'exécution d'Ochoa, mais il ne donna pas cette précision à Chiqui.

Chiqui soupira et tira de son portefeuille deux billets de cent euros qu'il plia et glissa sur la table en direction de Soriano.

– Considère qu'il s'agit d'une avance. Alors à jeudi, au Rialto. *Hasta luego.*

Il donna une tape sur le bras de Soriano, se leva et alla rejoindre un troisième comparse qui attendait son tour dans l'angle opposé de la salle. Soriano s'était souvent demandé comment Chiqui pouvait connaître autant de gens, savoir autant de choses et participer à autant de coups plus ou moins tordus sans jamais se retrouver à l'ombre. Sans doute était-il très prudent et, en dépit de ses allures de bavard, ne disait-il à chacun de ses partenaires que le strict nécessaire. Pourtant il ne lui inspirait qu'une confiance limitée, alors qu'il aurait parié ses couilles les yeux fermés sur Casado. Mais *El Negro* avait disparu de la circulation et ses autres relations ne pouvaient lui être d'aucun secours. Sa situation ne lui permettait pas de faire le difficile. C'était ça ou le tapin, et il avait décidé de faire une croix sur le tapin. Encore heureux que Chiqui lui ait immédiatement promis de le brancher sur une affaire – Chiqui avait toujours des affaires en vue.

Avec cette promesse d'embauche et ses deux billets en poche, Soriano trouvait que la vie était, sinon belle, plus supportable qu'elle ne l'était quand il s'était réveillé le matin sans savoir non seulement comment il allait s'offrir quelques grammes de coke mais tout simplement comment il allait manger. Il alla immédiatement claquer un de ces billets en achetant un sachet de poudre à un revendeur qui opérait derrière l'église Saint-Eustache, un géant black qui ne prononçait jamais plus de trois mots au cours d'une rencontre de ce genre. Le poids, le prix et le lieu. C'était tout à fait suffisant pour conclure. Un quart d'heure plus tard son client allait prendre le sachet à l'endroit indiqué et laissait le fric à la place. Des gamins assuraient l'intendance et la liaison. Le black n'avait jamais ni argent ni poudre sur lui. Personne ne s'avisait d'essayer de le rouler.

Soriano s'offrit ensuite, dans une autre gargote du quartier, un dîner composé d'un bol de chili, d'une bière, d'une part de flan et d'un café ; il traîna un peu puis reprit le métro pour se rendre dans une boîte gay de la rue Sainte-Anne dans l'espoir de rencontrer sinon le prince charmant au moins l'âme sœur. Il fut déçu : c'était toujours la même faune de dragueurs, de frimeurs, de tapineurs et sans doute d'indics. Il serra quelques mains, échangea quelques bises, refusa les avances de deux ou trois types qui n'insistèrent pas et s'éclipsa. Il hésita à descendre dans une autre boîte où il savait qu'il trouverait le même public et la même ambiance, y renonça et décida de conserver sa poudre pour un jour plus faste. Ce qu'il avait dit à Chiqui n'était pas tout à fait faux : il maîtrisait plus ou moins sa dépendance à l'égard de la coke, c'était pour lui un excitant qu'il consommait à certaines occasions, au cours d'une fête ou avant de faire l'amour, comme le bon vin pour d'autres. Du moins analysait-il ainsi sa situation. Il rentra donc sagement chez lui vers deux heures du matin. Sur son répondeur, il trouva trois messages d'anciens clients qui le relançaient, mais aucun d'*El Negro.* Peut-être Casado s'était-il mis au vert ou n'avait-il tout simplement aucune tâche à confier à son comparse avec qui il n'entretenait que des relations purement professionnelles. Celui-ci en éprouvait d'ailleurs une certaine frustration, non qu'il fût attiré par Casado, mais parce qu'il ressentait en sa compagnie un sentiment de sécurité. C'était un peu comme s'il avait travaillé avec un proche parent, un grand frère ou le père dont il avait été privé. Avec des individus du calibre de Chiqui il devait en permanence se tenir sur ses gardes. Il effaça les messages, se déshabilla, s'allongea sur son lit, se mit à rêver de la vie qu'il mènerait quand il aurait trouvé l'homme de ses rêves et monté un restaurant avec lui, puis s'endormit relativement heureux.

11

Une fille blonde accompagnée par un guitariste et un flûtiste chantait une ballade qui avait eu un gros succès dans les années quatre-vingt. Le public était composé pour l'essentiel de quadras BCBG, ce qui expliquait peut-être le choix de cette musique que Nicole Sarlat trouvait mièvre. L'endroit ne lui plaisait pas beaucoup, avec ses boiseries et ses cuivres clinquants, il sentait le neuf et le toc. En revanche, Favart avait consenti un effort d'élégance : tout en noir, de la tête aux pieds : veste en lin, chemise, jean, bottines. Cette couleur faisait ressortir la pâleur de son visage mangé par une barbe de deux jours qu'il entretenait savamment.

– Je t'avais prévenue que c'était un endroit hyper ringard, dit-il. Qui t'a commandé ce papier ?

Elle lui donna le nom d'une revue économique.

– Je les connais, j'ai pigé pour eux l'an dernier. Méfie-toi, ils paient toujours le plus tard possible. Quand ils paient.

– Tu me rassures.

– J'exagère juste un peu. Ils finissent par payer. Mais ils font traîner : l'ordinateur en panne, la comptable en congé maternité, et ils se trompent dans les comptes, toujours dans le même sens. Tu n'as jamais eu affaire à des gens de ce genre, à Genève ?

– Non, les Suisses sont réglo. À part ça, tu m'as parlé d'un plan.

– J'allais y venir. Tu sais que j'écris des polars ? En gros, voilà ce que je te propose : je te donne un coup de main pour ton enquête et j'utilise cette histoire pour en faire un roman.

Elle s'attendait plus ou moins à ce qu'il prenne prétexte de lui obtenir des piges pour la draguer – c'était ce qui s'était passé avec Georges –, mais pas à cette proposition de collaboration qui ne lui disait rien qui vaille. D'une part elle ignorait tout des compétences et de la réputation de Favard, d'autre part elle n'était pas prête à faire confiance les yeux fermés à un petit malin qui cherchait peut-être à se faire mousser à ses dépens et n'hésiterait pas à la griller. C'était à elle qu'on avait confié l'enquête, et à personne d'autre. Mais elle ne voulait pas non plus exprimer ouvertement ses réticences.

– Ce serait très cool, Gilbert, dit-elle, mais ça ne dépend pas de moi : je dois rendre des comptes à Lubin et à Cohen.

– Personne ne t'oblige à leur raconter ta vie. Je n'ai pas l'intention de signer l'enquête, et quand mon bouquin paraîtra, si je trouve un éditeur, je citerai ton papier d'une façon ou d'une autre, ou mieux : je te prendrai comme personnage.

Cette réponse avait jailli spontanément, elle ne semblait pas le fruit d'un calcul machiavélique. Nicole se sentit soulagée. Et flattée. Elle se détendit.

– J'espère que tu me feras relire ce que tu raconteras sur moi. Comment me décrirais-tu, monsieur l'écrivain ?

Favart se cala dans son siège, qui était confortable, croisa les bras et la dévisagea avec un sourire amusé. Elle réalisa qu'il avait pu interpréter ses paroles comme une manifestation de narcissisme ou comme une invite équivoque. Il prit son temps pour répondre.

– Eh bien, comme une petite bourge qui débarque de sa Suisse natale ou de sa province avec l'intention de dévorer les Parisiens tout crus, un peu coincée mais vachement bandante tout de même.

Elle piqua un fard que, fort heureusement, la pénombre de leur box devait dissimuler. Pour cacher son trouble, elle but une gorgée de bière. Favart ne fut pas dupe. Il se pencha vers elle.

– Alors, le portrait est correct ?

– Ce n'est pas exprimé de façon très littéraire...

– Mais sur le fond ?

– Sur le fond... Eh bien, je trouve que la première partie de ta description est caricaturale. Elle comporte une erreur ponctuelle : je ne suis pas suisse. Quant à la seconde, elle est agréable à entendre, mais je suppose que tu me flattes pour que j'accepte ta proposition.

– Mais pas du tout ! Ce soir, je te trouve absolument canon.

Et il posa sa main sur la sienne. Elle ne se déroba pas. Une heure plus tard, ils faisaient l'amour dans l'appartement de Favart.

Quand elle se réveilla, la première chose que remarqua Nicole Sarlat fut le tableau accroché sur le mur qui lui faisait face. Il représentait un homme coiffé d'un feutre mou donnant le bras à une femme en tailleur. Elle avait le sentiment de l'avoir déjà vu quelque part. Elle réalisa qu'il s'agissait d'une adaptation très colorée d'une photo assez célèbre d'Humphrey Bogart et Laureen Bacall : la veste de Bogart était rouge vif et le tailleur de sa compagne vert pomme.

– C'est fait en série ? demanda-t-elle.

La réponse ne vint pas immédiatement. La place dans le lit, à côté d'elle, était encore chaude mais vide. Favart apparut une cafetière à la main. Il n'avait enfilé qu'un T-shirt qui descendait au ras de ses fesses et laissait voir son sexe ballant. Nicole, qui ne se considérait pourtant pas comme pudique, trouva cette tenue obscène, puis se souvint que Gilbert l'avait définie comme « une petite bourgeoise un peu coincée » et se mit à rire. Elle ignorait si leurs ébats l'avaient conduit à réviser son jugement.

– C'est le tableau qui te fait marrer ? Non, ça n'est pas fait en série. C'est un pote à moi qui peint ça. S'il t'entendait, il serait fou. Il part de la même image, qu'il projette sur sa toile, mais il la traite chaque fois de façon différente. Il s'est spécialisé dans les films noirs des années cinquante-soixante.

– C'est du pop'art, non ? Ça n'est pas un peu dépassé ?

– Moi, je trouve ça géant. Je me contrefous de savoir dans quelle catégorie il faut le classer.

Elle examina le décor sans répondre. La pièce était meublée de bric et de broc, avec des fauteuils dépareillés dont l'un était complètement défoncé, une bibliothèque dont les rayons pliaient sous des monceaux de livres et de classeurs et une table en verre posée sur des tréteaux (du genre de celle d'Isabelle), sur laquelle était placé un macintosh rose bonbon.

Outre le tableau qui venait de susciter ce début de polémique, les murs étaient décorés de divers posters plus ou moins récents, dont le portrait d'un journaliste pakistanais emprisonné édité par *Reporters sans frontières*.

Favart disparut puis revint avec un plateau où il avait disposé des bols, des pots de confitures et des croissants. Elle attendit qu'il soit retourné dans la cuisine pour se lever, ramasser ses vêtement et courir s'enfermer dans la salle de bains qui était minuscule et dans un désordre indescriptible : des serviettes et du linge sale traînaient sur le sol et il y avait des poils de barbe dans le lavabo. Comment avait-elle pu passer la nuit avec un type aussi crade ? Pourtant l'expérience ne lui avait pas déplu : Gilbert faisait un amant très acceptable bien qu'un peu égoïste, plus préoccupé par son propre plaisir que par celui de sa partenaire. Georges était plus attentif, plus patient, ce qui ne l'avait pas empêché de se conduire comme un salaud. En fait, si elle avait craqué si vite, c'était sans doute parce qu'elle était un peu frustrée et que sa solitude parisienne commençait à lui peser, mais elle ne se savait pas aussi impulsive. Elle se doucha, se maquilla, constata qu'elle n'avait rien pour se changer – elle n'avait pas prévu de passer la nuit hors de chez elle – et remit donc ses sous-vêtements et vêtements de la veille.

Elle alla ensuite le rejoindre dans la cuisine où il sirotait son café, toujours à moitié nu.

Les croissants n'étaient pas fameux : ils venaient d'une grande surface et avaient été réchauffés au micro-ondes, néanmoins elle en dévora cinq, pour le regretter presque aussitôt. C'était un coup à prendre un bon kilo. Quand elle fut restaurée, elle annonça à son compagnon de la nuit son intention de rentrer chez elle.

– J'ai des tonnes de choses à faire.

– Aussitôt séduit, aussitôt abandonné.

Il se leva et vint se placer à côté d'elle, avec son sexe en érection à la hauteur de sa poitrine.

– Tu n'as pas envie d'en profiter ?

– Non, je dois rentrer. C'était tout à l'heure au lit qu'il fallait en profiter, comme tu dis, maintenant je suis habillée et maquillée...

– Alors sois gentille, suce-moi, quémanda-t-il, sur le ton d'un gamin qui réclame un jouet.

– Non, n'insiste pas.

Il prit sa main et la plaça sur sa verge.

– Tu ne peux pas me laisser dans cet état. C'est inhumain.

– Bon alors, je te fais juste jouir comme ça, et après je m'en vais.

Elle entreprit donc de le masturber, d'une main ferme mais peu sensuelle. Il réclama presque aussitôt qu'elle utilise aussi sa seconde main. Elle y consentit, de mauvaise grâce d'abord, puis, peu à peu, fut troublée par ses palpitations et ses gémissements. L'accélération de son souffle la trahit. Elle ne protesta pas quand il déboutonna et fit glisser son jean, puis la retourna. Elle entendit crisser l'emballage du préservatif qu'il déchirait, prit appui sur la table, se cambra et poussa un petit cri aigu quand il la pénétra.

À l'issue de ces ébats, qui furent brefs, elle râla un peu, pour la forme mais sans grande conviction : le temps qu'il lui avait fait perdre, les gens qui auraient pu les apercevoir par la fenêtre. Il prit tout cela à la rigolade, lui donna une claque sur les fesses et un baiser dans le cou. Elle lui échappa pour retourner dans la salle de bains se donner une apparence présentable.

– Ta salle de bains est dans un état dégueulasse, remarqua-t-elle en ressortant.

Il parut vaguement gêné.

– Désolé, je n'avais pas envisagé que tu l'utiliserais ce matin. Ne me prends pas pour un mec facile : je ne me fais pas toutes les meufs que je rencontre dans les faux bistros irlandais, d'ailleurs ce serait difficile je ne mets jamais les pieds dans des bistros irlandais, même les vrais. Un coup de foudre, ça ne peut pas se planifier !

Nicole n'avait pour sa part éprouvé aucun coup de foudre, pourtant cette tirade lui apporta une certaine satisfaction d'amour-propre, bien qu'elle ignorât quel crédit elle pouvait accorder à une déclaration de ce genre.

– Il faut vraiment que je m'en aille, moi non plus je n'avais pas prévu de passer la nuit avec toi. Et je n'ai rien pour me changer, pour une femme ça n'est pas très agréable...

– Ce sont des choses que je peux comprendre. Sinon, tu as réfléchi à ma proposition ?

– Pas vraiment.

– Je pensais te présenter à quelqu'un qui pourrait te donner des infos : un Colombien qui a connu Ochoa...

– Ah, tu m'avais caché ça.

– Tu m'as sauté dessus sans me laisser le temps de t'en parler.

– Je t'ai sauté dessus ? Quel culot !

Il voulut l'attirer contre lui, mais elle le repoussa.

– Tu vas encore me démaquiller !

– Dis-moi que tu n'as pas aimé.

– Tu as besoin d'être rassuré ?

Il la suivit jusqu'à la porte palière.

– Ce Colombien, ça t'intéresse de le rencontrer ?

– Bien sûr. On s'appelle ?

– On s'appelle.

Favart habitait dans une impasse donnant dans la rue de Lappe. Elle alla donc prendre le métro à la Bastille. Le trajet lui parut très long, car elle se sentait un peu sale et avait hâte de se changer. Cette préoccupation prenait le pas sur toutes les autres, de sorte que ce n'est qu'après avoir enfin enfilé des sous-vêtements, un T-shirt et un caleçon propres qu'elle commença à s'interroger sur l'avenir de ses relations avec Favart. Si elle avait rêvé de rencontrer un type d'homme particulier, ce qui n'était pas le cas, Favart ne serait certainement entré dans cette catégorie ni pour son physique, ni pour son style vestimentaire, ni pour son caractère, qu'elle ne connaissait pas vraiment mais qu'elle croyait deviner : égoïste, imbu de lui-même, un peu frimeur, mais au fond pas très sûr de lui. Professionnellement, elle ignorait ce qu'il valait et quelle aide il pouvait lui accorder. S'il n'était, comme elle, que pigiste, c'était probablement qu'il n'avait pas fait ses preuves. Il possédait sans doute un certain sens de la psychologie, puisqu'il l'avait d'emblée caractérisée comme arriviste, ce qui ne la dérangeait pas : elle voulait se faire une petite place au soleil et n'en avait pas honte. La franchise de Favart était déconcertante, car cette entrée en matière aurait pu la heurter et compromettre leurs rapports. Peut-être était-il lui-même ambitieux et considérait-il ce trait de caractère comme une qualité et par conséquent sa déclaration comme un compliment. C'est du moins l'explication qui lui parut la plus cohérente. Et c'était peut-être aussi cet aspect de sa personnalité qui l'avait séduit, à moins que, contrairement à ce qu'il prétendait, il ne cherchât à mettre toutes les femmes qu'il rencontrait dans son lit. Car, si elle savait qu'elle pouvait plaire, elle ne nourrissait pas l'illusion d'être un irrésistible canon. Quoi qu'il en soit, heureusement qu'ils avaient utilisé des préservatifs, car un type dont l'appartement était dans un tel état de saleté et de désordre, et qui ramenait peut-être n'importe qui chez lui, présentait tout de même certains risques...

Après avoir ainsi épilogué en sirotant un café pendant vingt bonnes minutes, elle chassa le chat qui s'était installé sur ses genoux, alluma son ordinateur et entreprit de rédiger son article sur *Murphy's House*. Elle avait décidé de s'imposer un programme de travail très strict. Elle n'avait pris aucune note, mais se souvenait parfaitement du cadre et de l'ambiance. Pour le reste, la brochure éditée par la chaîne contenait toutes les informations nécessaires. Elle fut un instant séduite par l'idée d'ironiser sur le caractère artificiel de ce genre d'établissement, mais ne succomba pas à cette tentation : elle savait que ce n'était pas ce qu'on attendait d'elle.

Une seule chose comptait pour le rédacteur en chef, comme pour ses lecteurs : était-il rentable d'investir un million d'euros pour lancer un pub irlandais ? Sur ce point, la salle comble incitait à donner une réponse positive. Mais les modes passent vite. Dans quelques années, voire même avant, le public déserterait peut-être l'endroit pour se retrouver dans un café indien ou géorgien ; d'ici là, tout le monde aurait oublié son article. Et, même si l'affaire n'avait pas été rentable du tout, il aurait été malvenu de l'écrire, car la chaîne avait passé un contrat publicitaire avec le magazine. Il y avait longtemps que Nicole avait compris comment fonctionne la presse spécialisée. Elle soigna son style, se relut attentivement et, après quelques corrections, imprima son texte qu'elle rangea dans une chemise avec la disquette. Il était l'heure de déjeuner : pour compenser les croissants du matin, elle se contenta d'une salade de carottes râpées, de deux œufs à la coque, d'une tranche de pain et d'une boîte d'haricots verts. Elle renonça à un nouveau café, de crainte d'être trop énervée. Elle ressentait un début de fatigue, le contrecoup de sa nuit agitée sans doute. Elle s'allongea quelques minutes sur le canapé, s'assoupit, mais fut aussitôt tirée de son demi-sommeil par la sonnerie du téléphone.

Gilbert Favart !

– On avait dit "on s'appelle", alors je t'appelle.

Elle avait pensé qu'un jour ou deux s'écouleraient avant cet appel et ne savait pas trop si elle devait se réjouir ou s'inquiéter de l'assiduité de Favart.

– Tu avais quelque chose de particulier à me dire ? Je suis en plein travail...

Le ton de sa voix était volontairement aussi distant que s'ils n'avaient pas couché ensemble.

– Il y a une possibilité de voir le Colombien dont je t'ai parlé. Tu es libre ce soir ?

– Oui, pourquoi pas...

Il lui donna rendez-vous dans un bistro latino du quartier des Halles, dont elle nota les coordonnées. Elle consacra le reste de l'après-midi à passer des coups de fil, à ranger des documents et alla porter son article sur *Murphy's House*. Elle aurait pu l'envoyer par mail, mais elle ne voulait pas manquer une occasion de rencontrer du monde. Le rédacteur en chef fut surpris de constater qu'elle avait travaillé aussi vite, car il était habitué à ce que les pigistes se fassent tirer l'oreille pour rendre leurs papiers. Il le lui dit, ce qui la conforta dans l'idée qu'elle réussirait assez vite à sortir du lot.

– Tu parles anglais ?

– Of course.

Ses parents l'avaient envoyée à deux reprises en stage en Angleterre et au Canada, de sorte qu'elle se débrouillait bien. Du coup, il lui confia l'interview d'un Américain de passage à Paris, qui avait lancé une chaîne de salons de coiffure et était convaincu que son concept allait conquérir l'hexagone. L'expérience l'intimidait un peu, car les Américains sont généralement habitués à ce que leurs interlocuteurs maîtrisent leur langue et font peu d'effort pour se faire comprendre, mais elle accepta sans hésitation.

Elle était donc d'excellente humeur quand elle alla retrouver Favart dans le café latino. C'était un endroit enfumé dont des fresques de couleurs vives représentant des danseurs et des musiciens, dans un style vaguement inspiré du cubisme, couvraient les murs. Gilbert l'attendait devant un bock de bière. Il avait abandonné sa veste noire pour un perfecto sous lequel apparaissait un maillot rouge orné d'un soleil. Sa barbe avait toujours la même longueur : deux ou trois millimètres.

Elle l'embrassa sur les joues, sagement.

– Comment fais-tu, pour ta barbe ?

– J'utilise un rasoir électrique. C'est très pratique.

– Tu n'as jamais envisagé de la raser complètement ?

– Des quantités de fois, mais c'est comme ça que je me plais le plus.

– Ton Colombien n'est pas là ?

– Laisse-lui le temps d'arriver. Les Latinos ont une conception de la ponctualité très différente de la nôtre. Ils peuvent se pointer avec trois quarts d'heure de retard sans avoir l'impression d'être grossiers. Ce ne sont pas des horloges suisses.

Elle fronça les sourcils et lui flanqua une tape sur le bras.

– Arrête un peu avec les Suisses. Je t'ai déjà

expliqué que mon père travaille à Genève mais que nous ne sommes pas suisses. Parle-moi de ce type.

– J'ai connu Victor à la fac de Villetaneuse, ça fait maintenant quatre ans.

– Qu'est-ce que tu étudiais, à la fac ?

– Lettres modernes. Avant, j'avais fait une prépa pendant un an. À l'origine, je voulais faire sciences po et le CFJ [5], mais je n'ai pas tenu le coup en khâgne. J'ai craqué au bout de trois mois. Ça n'était pas mon truc. À la fac, j'ai un peu glandé, mes parents m'ont coupé les vivres et j'ai commencé à piger pour des petits canards.

Elle lui raconta son propre itinéraire.

– Je vois, tu es une bûcheuse.

– Donc, tu me disais que tu as rencontré ce Colombien à la fac.

– Oui, mais il n'était pas vraiment étudiant. Il venait à la fac pour le compte d'un comité qui organisait des réunions et récoltait des fonds. Victor est un ancien guérillero qui s'est réfugié en France. J'ai dû le revoir deux ou trois fois par la suite, puis je l'ai perdu de vue. J'ai pensé à lui quand tu m'as raconté que tu faisais cette enquête, sur Ochoa. Il avait déménagé depuis cette époque, mais j'ai réussi à avoir ses coordonnées par un éditeur à qui il a envoyé un manuscrit.

– C'est un écrivain ?

– À ma connaissance, il n'a rien publié pour le moment, mais il essaie. Victor n'écrit pas directement en français, ce qui ne facilite pas les choses. Ça limite le nombre des éditeurs susceptibles d'être intéressés. Je crois qu'il vit de petits boulots. Mais je ne l'ai pas revu,

5. Centre de Formation des Journalistes. L'école de journalisme la plus cotée.

je lui ai seulement passé un coup de fil pour lui demander s'il avait entendu parler de l'affaire Ochoa, et il m'a tout de suite répondu qu'il l'avait rencontré et que, si ça m'intéressait, il avait pas mal de choses à me raconter.

– Alors il faut tout de même que je te remercie. C'est un bon contact.

– C'est moi qui dois te remercier. Pour cette nuit. C'était géant.

Il allongea la jambe pour coller son mollet contre celui de Nicole, sous la table. Ce contact et ce compliment la troublèrent. Elle s'efforça de ne pas le montrer. Elle n'avait pas encore décidé si elle allait continuer à coucher avec Favart, mais elle aurait été vexée qu'il ne le lui demande pas.

Elle s'apprêtait à répondre par une boutade. L'arrivée de Victor Pavez la tira d'embarras.

C'était un petit homme rond au teint mat, avec des yeux d'Indien, une courte brosse de cheveux très noirs et une barbiche au poil rare. La peau de son visage était mâchurée comme s'il avait eu la petite vérole ou une maladie de ce genre. Il portait une veste en tweed élimée, des pantalons de velours côtelé et de curieuses sandales à talonnettes. Une chaînette en acier apparaissait dans l'échancrure de sa chemise écossaise, mais le pendentif accroché à cette chaîne n'était pas visible.

Victor étreignit et embrassa chaleureusement Favart, comme le font deux parents ou deux amis intimes, puis serra énergiquement la main que lui tendait Nicole. Favart fit les présentations.

– C'est donc vous la grande journaliste.

– Je fais une enquête sur l'affaire Ochoa pour *Ponctuel*, répondit-elle sobrement, ignorant s'il s'agissait d'une plaisanterie ou si Favart l'avait présentée comme une personnalité importante du monde de la presse, pour convaincre plus facilement Pavez de la rencontrer ou pour se faire mousser lui-même.

– C'est ce que m'a dit Gilbert. Ça ne doit pas être très facile, parce que les flics eux-mêmes ne savent pas grand-chose.

Pavez roulait un peu les r, mais son accent n'était pas très marqué.

– Ou bien ils ne veulent rien dire, observa Nicole.

Pavez lui adressa un sourire accompagné d'un clin d'œil appuyé.

– Je vois que vous avez tout compris. C'est une affaire...

Il laissa sa phrase en suspens.

Nicole se pencha vers lui.

– Vous disiez que c'est une affaire...

– Mais si je vous aide, est-ce que vous m'aiderez, vous ?

Cette demande prit Nicole de court. Elle échangea un regard avec Favart, qui fit une discrète mimique signifiant que c'était la règle du jeu, du moins elle l'interpréta ainsi.

– Quel genre d'aide attendez-vous de moi, monsieur Pavez ?

– S'il vous plaît, appelez-moi Victor.

– Quelle aide attendez-vous de moi, Victor ?

– Me défendre si j'ai des ennuis à cause de votre article.

– Si ça vous pose des problèmes, nous ne citerons pas votre nom.

Un petit ricanement venu du fond de la gorge franchit les lèvres de Pavez.

– De toutes manières, il n'est pas question de publier mon nom. Mais, même sans mon nom, ils peuvent me reconnaître ou deviner d'où viennent les informations. Je deviendrai alors un témoin gênant.

– La publicité vous protégera, assura Nicole. Ils n'oseront pas s'en prendre à vous.

– Vous croyez ça ?

– Alors, si c'est si dangereux pour vous, pourquoi avez-vous accepté de nous rencontrer.

Pavez regarda dans la direction de Favart.

– Gilbert est un vieux copain. Et, dans la vie, il faut parfois prendre des risques. Je veux seulement être sûr que vous mettrez le paquet pour les dénoncer. Et vous pouvez peut-être aussi m'aider à faire publier mon livre.

– Je ferai ce qui est en mon pouvoir, dit Nicole, qui n'osa pas lui avouer qu'elle venait elle-même de débarquer à Paris, mais précisa néanmoins : « Le problème, c'est que je ne travaille pas dans le milieu de l'édition. »

Pavez balaya cette objection d'un geste de la main.

– L'édition, la presse, ce sont des milieux qui se croisent, se mélangent, il y a plein de passerelles, non ?

– Sans doute...

La situation la mettait mal à l'aise. Elle redoutait de le décevoir et ne voulait pas lui faire miroiter des promesses qu'elle savait avoir peu de chances de pouvoir tenir. Favart les observait, sans intervenir, comme si son rôle se limitait à les mettre en contact. Pourtant il était particulièrement bien placé pour savoir que Nicole n'avait pas de relations à Paris. Soudain, elle songea à Lubin, qui avait voyagé en Amérique du Sud et publié plusieurs livres.

– Je connais peut-être quelqu'un, dit-elle, mais je ne peux rien vous promettre. Et ça dépend bien entendu du contenu de votre livre.

– Je peux vous dire qu'il est explosif.

Beaucoup de gens, de bonne foi, sont convaincus que leurs écrits sont explosifs. Nicole ne l'ignorait pas.

– C'est à vous de voir ce que vous souhaitez révéler. Vous avez connu Ochoa ?

– Assez bien, oui.

– Comment était-il ?

– C'était un type honnête au départ. Un universitaire qui appartenait à un mouvement indianiste, le MRTK, le Mouvement révolutionnaire Tupac Katari. Ils l'ont utilisé comme potiche. Ministre des Travaux publics ou quelque chose de ce genre. Ils avaient besoin d'un représentant officiel des Aymaras dans le gouvernement. Il n'était pas préparé à ce rôle et ils l'ont manipulé assez facilement. Ses anciens amis l'ont très vite considéré comme un traître et il s'est trouvé très isolé. Moi, j'ai eu l'occasion de le rencontrer à la conférence panindienne de Rio en 1992, pour le quatre centième anniversaire du génocide indien. C'était avant qu'il entre dans le gouvernement. Il était sincère, mais il n'avait pas les pieds sur terre. Il voulait reconstruire l'empire aymara qui a été détruit par les Incas avant même l'arrivée des Espagnols... Moi, je représentais l'ELN, une des guérillas colombiennes, comme observateur. Ensuite, quand il a obtenu son poste au gouvernement, je suis venu à La Paz pour lui demander de l'aide : je venais de m'évader de la prison de Bogota. C'était la seule personne que je connaissais en Bolivie. C'était six ans plus tard. Il a fait ce qu'il a pu : il m'a procuré un passeport, un peu d'argent, et j'ai pris l'avion pour l'Europe où j'ai continué à défendre notre cause. Et c'est comme ça que j'ai rencontré Gilbert à la faculté. Ochoa m'avait avoué qu'il était dépassé par les événements : il commençait à réaliser le rôle qu'on lui faisait jouer. Il n'avait aucun pouvoir réel et il était particulièrement écœuré par la corruption. Il voulait se revaloriser aux yeux de ses anciens amis et à ses propres yeux en dénonçant des scandales, mais c'était trop tard, il n'avait plus aucun appui. Il a commis des maladresses et a été obligé de partir en catastrophe. Le gouvernement a fait courir le bruit qu'il avait détourné des fonds. Quand j'ai su qu'il était à Paris, je lui ai rendu visite. Il m'a reçu chaleureusement et m'a affirmé qu'il continuait son combat, qu'il avait emporté des documents et qu'il allait faire éclater la vérité. Je ne l'ai pas pris au sérieux : c'était un homme complètement isolé...

– De quoi vivait-il ?

– Je pense qu'il avait tout de même pris ses précautions avant de filer. Il avait probablement ouvert un compte dans une banque européenne. Les flics doivent le savoir : ils ont certainement épluché ses comptes. Ce qui est sûr, c'est qu'il vivait très modestement. Il n'avait même pas de voiture. Il n'a pas détourné des fortunes avant de partir. Mais peut-être qu'il a essayé de se livrer à un chantage, il était très aigri.

– Il paraît qu'il recevait des visites de temps en temps. Les voisins ont vu des voitures avec des plaques du corps diplomatique, dit Nicole.

– Ils ont essayé de faire pression sur lui. Ça n'a pas marché et ils l'ont descendu. Classique.

Nicole écoutait attentivement, tandis que dans son cerveau son papier se précisait peu à peu.

– Ce ne sont tout de même que des hypothèses, remarqua-t-elle.

Pavez balança la tête, avec l'expression de l'homme qui en sait beaucoup.

– Vous êtes-vous demandé pourquoi la police ne se donne pas trop de mal pour coincer les types qui ont flingué Ochoa ?

– À les croire, l'enquête suit son cours, mais ils n'ont pas beaucoup d'éléments.

– Mon œil, oui. On leur a fait comprendre qu'il ne fallait pas trop gratter. Ou bien parce que le gouvernement français ne veut pas se fâcher avec les Boliviens, ou bien parce qu'il y a des barbouzes françaises dans le coup. Et c'est là que ça devient intéressant. Parmi les scandales que Ochoa voulait dénoncer, il y en a qui concernent de grosses entreprises françaises. Mais faites attention où vous mettez les pieds, il faut y aller avec un casque lourd et un gilet pare-balles !

– Et vous, pourquoi craignez-vous d'être inquiété ?

– Parce que les gens qui ont fait abattre Ochoa doivent être bien renseignés. Ils savent que je l'ai rencontré. Les Latinos ne sont pas si nombreux que ça à Paris. Ils peuvent craindre qu'il m'ait donné des infos, remis des documents. Vous comprenez ?

– Il vous en a remis ?

Pavez reprit son air mystérieux.

– Je ne souhaite pas répondre à cette question pour le moment.

– Et, dans votre livre, vous parlez d'Ochoa ?

– Non, c'est très différent. Ce sont mes souvenirs personnels, quand j'étais dans la guérilla.

– Pourquoi avez-vous dit que son contenu est explosif ?

– J'ai dit ça ?

– Il me semble bien. N'est-ce pas, Gilbert ?

– C'est possible, fit Favart.

Bref silence gêné. Nicole ne voulait pas pousser Pavez dans ses retranchements. Elle décida de changer de sujet.

– Pour en revenir à Ochoa, il n'avait pas de famille, pas de femme dans sa vie ?

– En France, pas à ma connaissance. En Bolivie, il était séparé de sa femme depuis longtemps. Je sais que cette femme existe, mais je ne l'ai jamais rencontrée. Elle vit, je crois, à Sucre. Ochoa n'en parlait pas.

– Et sur ces entreprises françaises qui auraient eu intérêt à éliminer Ochoa, vous savez quelque chose ?

– Vous savez comment fonctionne le système des commissions ? Une entreprise verse une commission à un homme politique influent d'un pays étranger qui peut l'aider à obtenir une commande. C'est légal, ça s'appelle des frais de commercialisation exceptionnels. Mais, bien souvent, une partie de cette commission est reversée à un ou plusieurs dirigeants de l'entreprise en question ou à des politiciens français et à toutes sortes d'intermédiaires qui ont favorisé l'opération. Et ça, ce n'est pas légal. En cas de scandale, ces gens-là risquent davantage que les politiciens ou les militaires du pays acheteur, car il est généralement plus facile d'étouffer une affaire de ce genre dans des pays comme la Bolivie ou la Colombie qu'en France, même si bien sûr un scandale peut aussi éclater là-bas. Les deux parties ont intérêt à faire disparaître un témoin gênant comme Ochoa. J'en déduis que, si ce sont des Boliviens qui ont pris l'initiative de le faire exécuter, ils ont certainement bénéficié de complicités. Mais les commanditaires peuvent très bien être des Français. Quant aux exécutants, il est possible de les recruter dans toutes sortes de milieux pour brouiller les pistes. Vous me suivez ?

Nicole inclina la tête. Elle songeait à nouveau aux pistes qui n'avaient pas été explorées par la police : cette pseudo-entreprise de presse, qui avait son siège sur le même palier... Des complices français chargés de surveiller les allées et venues d'Ochoa ? Les révélations de Pavez renforçaient cette hypothèse. Elle décida de ne pas parler au Colombien de cette découverte qu'elle considérait comme son atout majeur.

– Et, sur ces sociétés elles-mêmes, vous ne voulez pas m'en dire plus ?

– Pas pour le moment. Mais rien ne vous empêche d'établir la liste de celles qui ont traité des affaires en Bolivie pendant la période où Ochoa était membre du gouvernement. Elle ne doit pas être très longue.

Nicole ignorait de quelle façon il fallait s'y prendre pour obtenir cette liste, mais ça ne devait pas en effet être trop difficile. Peut-être en s'adressant au ministère du Commerce ou aux Douanes ? Lubin pourrait sans doute l'aider. Elle estima qu'il serait maladroit d'insister pour obtenir davantage d'informations de Pavez. Ce n'était qu'un premier contact. Elle le questionna sur son propre itinéraire et son passage dans la guérilla. Sans se faire prier, il raconta diverses anecdotes, mais demeura très évasif sur la vie qu'il menait à Paris. Soudain, il se leva et annonça qu'il devait les quitter. Favart demanda à Nicole de l'attendre et accompagna le Colombien jusqu'à la sortie du bistro. En dépit de la rapidité et de la discrétion du geste, elle remarqua que Gilbert glissait quelque chose dans la main de Pavez, à moins que ce ne fût le contraire. Cette mystérieuse transaction, qu'on cherchait à lui cacher, la mécontenta vivement. Elle subodora une affaire de drogue. En aucun cas elle ne voulait être mêlée à une histoire de ce genre. Elle allait immédiatement rompre avec Favart !

Quand celui-ci revint s'asseoir en face d'elle, Nicole ne réussit pas à dissimuler son irritation.

– Je lui ai filé un peu de fric, pour le dépanner, annonça Favart, sans qu'elle ait eu besoin de le questionner.

C'était donc ça : il avait accepté ce rendez-vous pour taper son ancien copain...

– Autrement dit, ce type nous a vendu ses infos !

Favart haussa les épaules.

– On peut voir les choses comme ça. Mais j'ai de la sympathie pour lui, je ne l'aurais pas fait pour un autre. Ce type a eu des quantités de merdes dans sa vie. Il ne te l'a pas dit, mais sa copine a été violée et tuée par les forces spéciales, c'est pour ça qu'il s'est engagé dans la guérilla. Il ne s'en est jamais vraiment remis.

– Alors, s'il t'a fait payer ses infos, ça me paraît juste qu'on partage, puisque c'est moi qui vais les utiliser pour mon enquête. Combien lui as-tu donné ?

– Laisse tomber. C'est mon problème. Si tu tiens à claquer ton blé, invite-moi au resto.

Elle accepta ce marché et ils se retrouvèrent dans la salle exiguë d'une gargote chinoise où l'on servait des soupes Pho. Favart n'avait pas accepté qu'elle l'invite dans un établissement plus chic.

– C'est tout de même un bon contact, non ? Où en es-tu de ton enquête ?

– Je crois avoir mis le doigt sur un truc qui est passé complètement inaperçu.

– Génial !

– Pas vraiment génial, le hasard...

– Si tu me racontais ?

Elle en mourait d'envie, mais hésitait encore.

– Tu me promets de ne pas en parler tant que mon papier n'est pas sorti ?

– Juré, craché. Une tombe ! Je suis bavard, mais je sais aussi me taire quand il le faut.

– J'ai été jeter un œil dans l'appartement d'Ochoa. Le concierge m'a fait entrer. Les flics avaient déjà fait le ménage, ils avaient emporté son ordinateur, son carnet de rendez-vous et tous ses papiers. Mais, sur le même palier, il y a une officine qui me semble louche. C'est censé être une société de presse qui édite un canard : *Médiasport*. Or, j'ai vérifié : *Médiasport* n'existe pas et le patron de la boîte, Pierre Gazier, est inconnu à la commission de la carte. Qu'est-ce que tu en penses ?

– Ça m'a tout l'air d'une couverture...

– Et ce n'est pas tout : je suis entrée aussi dans les bureaux de *Médiasport*. C'était entièrement vide, il n'y avait rien, mais ce qui s'appelle absolument rien, même pas de papiers dans la corbeille. Le bureau et les étagères de l'armoire avaient l'air d'avoir été essuyés, comme si on avait voulu faire disparaître des empreintes. Et, comme par hasard, le concierge prétendait ne rien savoir sur cette boîte. Il serait arrivé après le départ de ce Gazier...

– Ça devrait être facile à vérifier en appelant le syndic de l'immeuble ? Tu l'as fait ?

Elle n'y avait pas songé. Elle se mordit les lèvres.

– Non, pas encore.

– Mais, s'il y a une histoire de barbouze et beaucoup de fric derrière ce crime, peut-être que le syndic a reçu des consignes pour ne rien dire et que le concierge a justement été changé pour éviter qu'il en raconte un peu trop sur cette boîte. C'est classique aussi.

Il prit sa main et la caressa.

– Fais tout de même attention où tu mets les pieds ! Tu as entendu ce que t'a dit Victor ?

Un mélange d'excitation et d'inquiétude assaillit Nicole.

– Ce sont les risques du métier, non ? dit-elle sur un ton qu'elle s'efforça de rendre le plus neutre possible.

– Sans doute, mais il est préférable de prendre toutes les précautions. Il ne faut pas garder tes informations pour toi toute seule. Plus il y a de gens dans le coup, moins ça devient intéressant de s'en prendre à toi.

– Et plus il y a de risques que je me fasse griller mon sujet.

– Pas tant que tu le crois. Et moi, tu peux me faire confiance, non ?

Elle n'en savait justement trop rien.

– Et c'est tout de même plus sympa de travailler en équipe que tout seul dans son coin, insista-t-il.

– Alors aide-moi à trouver ces sociétés qui ont commercé avec la Bolivie à l'époque où Ochoa était ministre.

– C'est comme si c'était fait.

Pour sceller leur accord, il se pencha pour l'embrasser, par-dessus la table. Elle accepta le baiser.

– On va chez toi, ou chez moi ? demanda-t-il presque aussitôt, avec une assurance qui déplut à Nicole.

Pour bien lui montrer qu'elle n'était pas à sa disposition, et bien qu'elle en eût envie elle aussi, elle repoussa cette offre.

– Pas ce soir, j'ai des choses à faire et je me lève tôt demain matin. Demain peut-être...

Favart parut en prendre son parti.

– Demain sera un autre jour. Il faudra que je tienne jusque-là.

Ils se quittèrent à l'entrée du métro. Sans effusions spectaculaires, car Nicole détestait se donner en spectacle.

12

Quand Soriano arriva au Rialto, Chiqui palabrait avec un homme dont le Chilien ne pouvait voir que le crâne chauve par-dessus la banquette. Le bistro, qui faisait PMU, était bourré de parieurs qui pour la plupart fumaient, rendant l'air irrespirable. Soriano alluma lui aussi une cigarette et attendit la fin de l'entretien pour aller s'installer en face de Chiqui.

– *Momentito*, dit Chiqui qui rangeait dans un sac de cuir un objet que Soriano ne parvint pas à distinguer.

Il patienta donc encore, sans protester, mais très intrigué tout de même par ces tractations qui ne le concernaient pas.

– Tes affaires marchent ? demanda-t-il ensuite, dans l'espoir que Chiqui satisfasse sa curiosité.

– On fait aller, mais les temps sont durs, répondit l'autre qui avait toujours tendance à se plaindre, comme beaucoup de commerçants.

– Tu as pensé à moi ? Tu te souviens : tu m'as dit de passer ce matin.

– Mais bien sûr que je m'en souviens ! Je n'ai fait que ça : penser à toi !

– Et tu as quelque chose ?

– Ça se précise.

Cette réponse laconique semblait indiquer au

contraire qu'il ne s'agissait encore que d'un projet flou. Soriano ne put dissimuler sa déception.

– Je comptais un peu sur toi, avoua-t-il.

– Tu peux compter sur moi, *compañero*. Mais il reste des points importants à régler avant de lancer l'opération.

Soriano retint son souffle.

– En deux mots, ça va se passer de la façon suivante. Tu vas te procurer une fourgonnette, te rendre à une adresse que je te donnerai et procéder à un petit déménagement. Ensuite, tu livreras la marchandise à un endroit que je t'indiquerai. Tu vois, c'est très simple. D'autant plus simple que tu auras tout ce qui faut pour entrer dans cette baraque sans problème : les clés, les codes, le plan. Pour moi, c'est un peu plus compliqué. Il faut d'abord que je trouve des clients. Je ne lance jamais une opération comme celle-là sans avoir les clients, car j'ai un principe : je ne stocke pas. Je suis pour une rotation rapide du capital, la circulation à flux tendu. J'applique des méthodes de commerce modernes. Tu piges ?

Ces notions dépassaient la compréhension de Soriano qui lisait plus volontiers les magazines *people* consacrés aux stars du showbizz que les revues économiques, quand il lisait, ce qui était rare, mais il inclina la tête, pressé de connaître la suite.

– La liste de ce que tu déménageras dépendra donc de mes clients.

– Je serai tout seul pour charger ?

– Ne t'inquiète pas : il n'y a rien de lourd. Je ne fais pas les meubles. Tout au plus des petites choses que tu pourras porter sans difficulté. Si je mets quelqu'un d'autre sur le coup, ça va diviser ta part en deux...

– Non, c'est très bien, je me débrouillerai tout seul. Combien ça va me rapporter ?

– Dix pour cent, mais je ne peux pas encore te dire de combien, parce que je ne le sais pas moi-même. Je te l'ai dit : ça dépend de mes clients. Je dirais entre cinq mille et dix mille euros. Peut-être plus. Pour moins de trois heures de travail : vingt minutes sur place et deux heures de trajet. Ça te paraît correct ?

– *No problem.*

C'était presque toujours ce que répondait Soriano qui était suffisamment intelligent pour comprendre qu'on l'utilisait comme petite main et que ses partenaires se réservaient la part du lion.

– Je ne précise pas, ajouta Chiqui, qu'il serait stupide de filer avec la marchandise ou de prendre des choses qui ne sont pas sur la liste. Je sais que tu es un type réglo.

Soriano savait aussi cela. Sa propre expérience, et en particulier le vol de la collection de montres de l'Anglais, lui avait appris qu'un objet, quel que soit son prix d'origine, n'a aucune valeur sans l'intervention d'un receleur professionnel discret.

Il humecta ses lèvres.

– Ça se passera quand ?

– Dans la semaine qui vient, si tout va bien. Je ferai déposer chez toi une enveloppe contenant le plan, les codes et les clés. Tu as une boîte aux lettres ?

Soriano inclina la tête.

– Impeccable. Sur le plan, je t'indiquerai la date et l'heure auxquelles tu dois faire ce déménagement. Dès que tu auras fini, tu brûleras le plan.

– Tu es sûr qu'il n'y aura personne dans cette baraque ?

– Sûr et certain. À condition que tu respectes la date et l'heure !

– Je peux te poser une question ?

– Pose-la, mais je ne te promets pas de répondre.

– Tu as tout ce qui faut, alors pourquoi as-tu besoin de moi ?

– C'est une bonne question, mais je ne peux pas te répondre.

– Tu préfères me laisser prendre les risques ?

Chiqui prit un air malheureux.

– Nous partons sur de mauvaises bases, si tu vois les choses de cette façon. Je prends beaucoup plus de risques que toi. Le déménagement, c'est la partie la plus facile de l'opération, crois-moi ! Je peux encore trouver quelqu'un d'autre, mais souviens-toi que tu as touché une avance.

Soriano avait justement l'intention d'en demander une autre. Il battit très vite en retraite et reprit son rôle d'exécutant servile.

– C'est vrai, ça ne me regarde pas. Dans ces affaires-là, moins on en sait...

– Je ne te le fais pas dire ! Il y a quelques détails à préciser. Le mieux, c'est tout simplement de louer la bagnole. Ça serait trop con de foirer un coup pareil à cause d'un contrôle de flics. Tu as un permis de conduire et une Carte Bleue ?

– Bien sûr, mentit Soriano.

Il mentait mal. Chiqui le dévisagea en secouant la tête.

– Montre-les-moi.

– Je ne les ai pas sur moi.

– Bien entendu ! Tant pis, tu faucheras la caisse. Mais si tu te fais serrer, tu m'oublies et ne compte plus sur moi pour avoir du boulot.

– Je peux peut-être avoir une bagnole autrement. Il n'y a pas de risque qu'on relève le numéro ?

– Aucun, c'est isolé et il fera nuit. Le risque, c'est sur la route, si tu te fais contrôler. C'est rare, mais ça peut arriver. Ne me foire pas ce coup, mec !

– Je ferai pour le mieux. Ça serait possible que tu me files encore une petite avance ?

Chiqui prit deux billets de cent euros dans son portefeuille, qui semblait en contenir une belle liasse, et les tendit à Soriano.

– La coke ?

– Je t'ai déjà expliqué : j'en prends juste un peu de temps en temps, pour le fun. Je serai clean le jour du déménagement.

– J'y compte bien. Dernière chose : dans cette baraque, il y a un coffre dont je n'ai ni la clé ni la combinaison. N'essaie surtout pas de t'y attaquer. C'est un modèle perfectionné, il n'y a qu'un professionnel top niveau qui pourrait le casser.

Soriano fut à nouveau intrigué : pourquoi Chiqui possédait-il certaines clés et certains codes et pas ceux du coffre ?

– Je n'ai jamais touché à un coffre, je ne vais pas commencer maintenant.

Chiqui consulta sa montre.

– Si tu as d'autres questions, pose-les maintenant, parce que j'ai un rendez-vous.

Beaucoup de questions trottaient dans la tête de Soriano, mais aucune ne franchit ses lèvres.

– *Todo está bien*. J'attends ton enveloppe.

Chiqui cligna de l'œil.

– C'est une affaire cousue main. Mais, il faut les clients...

Soriano étreignit la main que lui tendait Chiqui.

– Merci pour l'avance, merci de me donner ce boulot, et merci de me faire confiance.

Chiqui estima peut-être qu'il en faisait trop, mais lui adressa néanmoins un sourire paternel.

– Prends soin de toi. *Que le vaya bien !*

Quand il eut quitté le Rialto, Soriano fut pris d'une quinte de toux. L'air vicié de ce bistro ne lui valait rien. Subitement, il prit la décision d'arrêter de fumer. Le matin même il avait entendu un médecin affirmer à la radio que le tabac est très mauvais pour la peau et pour le sexe. À la limite, il voulait bien mourir d'un cancer – il se flinguerait avant la phase terminale –, mais pas voir sa peau se dessécher, ses dents jaunir, son regard s'éteindre et son sexe refuser d'obéir à sa libido. Il faudrait qu'il en parle au *Negro* quand il aurait l'occasion de le voir. Mais Casado ne lui avait toujours pas donné le moindre signe de vie. Ce qui commençait à l'inquiéter. L'exécution d'Ochoa avait peut-être été un coup trop gros pour eux, surtout pour lui Soriano, et trop dangereux. *El Negro* avait toujours été correct avec lui, pourtant il ne lui avait pas dit qu'il s'agissait d'un politicien important. Il l'avait appris dans le journal. Et, pour un coup pareil, il n'avait touché que trois mille dollars. Sur le moment, ça lui avait semblé une bonne affaire, mais il réalisait maintenant que le déménagement commandé par Chiqui allait probablement lui rapporter davantage, sans le moindre risque. Et, s'il se faisait prendre tout de même, la condamnation ne serait peut-être pas trop lourde car il n'y aurait pas d'effraction.

Beaucoup moins lourde que celle encourue pour complicité dans l'assassinat d'un homme politique ! Dans la vie, il y a ainsi ceux qui font les sales boulots et prennnent tous les risques pour pas grand-chose et ceux qui savent choisir des affaires rentables et peu dangereuses, comme Chiqui. Lui, Soriano, n'avait guère eu le choix jusqu'à présent : il s'était laissé conduire par les événements et les hasards des rencontres. Maintenant, il devait prendre son sort entre ses mains et réfléchir avant de se lancer dans n'importe quelle combine tête baissée. À trente-trois ans, il ne pouvait plus continuer à vivre au jour le jour et claquer son fric aussi stupidement. Il fallait non seulement cesser de fumer mais arrêter la coke. Sinon il allait finir comme les travelos du bois du Boulogne. Il n'avait pas encore touché au sachet que lui avait vendu le Black de Saint-Eustache. Il le conservait pour une occasion qui ne s'était pas présentée. Ce qui prouvait qu'il était capable de s'en passer. Pourtant, il avait besoin de savoir que cette dose était à sa disposition. Il avait d'ailleurs vérifié plusieurs fois qu'elle se trouvait toujours sous la lame de parquet où il l'avait dissimulée. S'il n'avait pas possédé ces quelques grammes, il aurait éprouvé le désir irrésistible d'aller les acheter. C'était donc, analysa-t-il lucidement, une dépendance plus psychologique que physique. Très bien, il allait tenter une expérience : voir combien de temps il pouvait tenir sans y toucher. Cette fois, c'était décidé, il ne gaspillerait pas le fric que le déménagement allait lui rapporter. Il allait en mettre au moins une partie de côté, de façon à être en mesure de sélectionner ses affaires, de même qu'il choisissait parfois ses clients quand il en avait les moyens, du temps pas si ancien où il tapinait. Et, peu à peu, il économiserait de quoi ouvrir son restaurant. Il prit le métro pour rentrer chez lui et, pendant tout le voyage, fantasma sur ce restaurant. Perdu dans ses rêves, il faillit manquer sa station. Quand il fut de retour dans sa chambre, il s'allongea sur son lit, renonça à allumer une cigarette, ferma les yeux et se mit à dresser une liste de plats du jour et de spécialités qui lui mirent l'eau à la bouche. Puis il songea que cette riche cuisine serait très dangereuse pour sa ligne, d'autant qu'il constatait chaque jour qu'il avait empâté. Cette crainte lui permit d'accepter plus facilement de se contenter de la boîte de thon et du riz conservés dans son minuscule frigo. Une fois nourri, il se mit à penser au sexe et en arriva à la conclusion que la meilleure solution consisterait à se mettre en ménage avec un excellent cuisinier disposant de quelques économies. Hélas il n'en connaissait aucun.

*

Un sourire éclaira le visage de Pierre quand il aperçut la jeune femme brune à la terrasse de la place Wilson. Il pressa le pas, s'approcha de la table et, après un instant d'hésitation, posa la main sur le dossier de la chaise libre.

– Vous permettez ?

De la main, elle l'invita à s'asseoir.

– On s'est déjà vus plusieurs fois, non ?

Elle avait un accent délicieux, un peu différent de celui des Toulousains. Elle roulait légèrement les r. Peut-être était-elle espagnole. Les Espagnols sont nombreux à Toulouse.

Sa crinière frisée et ses yeux noirs semblaient confirmer ce diagnostic. Elle manifestait beaucoup de naturel et d'aisance.

– J'habite juste au-dessus, expliqua-t-il en montrant les fenêtres de son appartement. Je passe tous les jours.

– C'est bien ce qu'il me semblait. Moi aussi, je suis là presque tous les jours. C'est mon quartier général.

– Pardonnez-moi mon indiscrétion, mais vous ne travaillez pas ?

Elle rit, dévoilant des dents bien plantées, à l'exception des deux incisives un peu proéminentes. Des petits crocs de vampire.

– Je donne mes rendez-vous ici, mais ma journée est terminée.

Pierre n'osa pas lui demander la nature de ces rendez-vous. Un doute l'effleura, qu'il s'appliqua à dissimuler.

– Moi aussi, ma journée est terminée, dit-il.

– Vous êtes dans quelle branche ?

– Informatique. Enfin, c'est récent. Avant, j'étais journaliste.

Il venait de toucher sa première paie. Le chèque était encore dans son portefeuille. Il n'avait pas encore eu le temps de le déposer. D'ailleurs il avait l'intention d'ouvrir un nouveau compte, car les relations avec ses banques précédentes n'étaient pas bonnes et il avait clos ses comptes.

– Alors nous avons été presque confrères. Je suis attachée de presse en free lance.

Cette réponse le soulagea. Pourquoi avait-il l'esprit tordu au point d'avoir imaginé qu'elle tapinait à cette terrasse ? Il ne considérait pas du tout les attachés de presse comme des confrères, mais il se garda de développer son point de vue sur la question.

– Et vous donnez vos rendez-vous à cette terrasse ? C'est formidable.

– À la belle saison seulement. C'est plus sympa que dans un bureau ou même à l'intérieur d'un restaurant. Mais je me déplace aussi.

Elle tira une brochure d'une serviette posée à ses pieds et la tendit à Pierre. L'opuscule vantait les mérites d'une entreprise de pose de gouttières en aluminium.

– C'est un de mes clients, mais j'en ai d'autres. Dommage que vous ne soyez plus journaliste, je vous aurais sorti mon argumentaire.

– Vous êtes certainement très convaincante, mais ça n'aurait pas marché. Je suis... enfin j'étais journaliste sportif.

– Pourquoi avez-vous laissé tomber ?

C'était la question inévitable. Un mois plus tôt, elle l'aurait fait flipper. Il fut surpris de s'entendre raconter l'histoire de son échec avec détachement et humour. Elle l'écouta attentivement, hocha la tête.

– Ça n'est pas évident, c'est sûr. Moi, je suis associée avec deux autres filles. Je sais que je n'en ai pas l'air, mais je dois ramer.

Ils parlèrent ainsi de choses et d'autres pendant vingt minutes, avant qu'il ne se décide à l'inviter à dîner.

– Pourquoi pas. Vous connaissez un endroit sympa ?

Il avoua qu'il n'en connaissait aucun.

– Alors c'est moi qui vous invite. Je passe vous prendre ici vers vingt et une heures ? Chez nous on dîne plus tard qu'à Paris.

Il se garda de préciser qu'il n'avait rien mangé à midi et qu'il mourait de faim. Elle rangea ses brochures et son téléphone mobile dans sa petite sacoche et se leva. Elle était grande, presque plus grande que Pierre qui mesurait un mètre soixante-treize. Il la regarda s'éloigner. Quand elle atteignit l'angle de la place, elle se retourna pour lui adresser un petit geste. C'est à cet instant qu'il réalisa qu'il ne lui avait pas demandé son prénom.

*

– Ce que vous me demandez est très inhabituel.

Le petit homme rond dévisageait Nicole avec un air circonspect. Son bureau était méticuleusement rangé. Alignés au cordeau, les quelques objets placés sur sa table donnaient l'impression de n'avoir qu'un rôle purement décoratif. L'écran plat de l'ordinateur jurait avec ce gros meuble en chêne – du vrai-faux rustique massif – qui semblait avoir été choisi pour inspirer confiance. Derrière le syndic étaient accrochées des gravures très flatteuses représentant des personnages portant des favoris et des redingotes. Nicole supposa qu'il s'agissait d'hommes de loi du dix-neuvième siècle.

– Maître, dit-elle (elle ignorait s'il fallait donner du « maître » à un syndic, mais ça ne pouvait pas faire de tort), je vous promets formellement de ne pas vous citer.

– Bien, que voulez-vous savoir exactement, mademoiselle ?

Elle ne s'était pas entendu appeler mademoiselle depuis un certain temps. Ce type ne devait pas avoir plus de trente-cinq à quarante ans, mais il avait des manières de vieux monsieur et une petite voix fluette horripilante. Elle l'imagina vieux garçon vivant seul avec sa mère et allant voir des putes en cachette pour leur demander des choses inavouables, ou même pour se déguiser en femme et se faire flageller.

– Je voudrais savoir si vous avez des informations sur la société Médiasport à laquelle vous avez loué un bureau et sur son gérant Pierre Gazier. Pourriez-vous me communiquer son adresse actuelle ?

Le syndic secoua la tête, catégorique.

– Je ne vois pas très bien le rapport avec l'objet de notre rendez-vous. Et, si nous avions les coordonnées de M. Gazier, nous ne vous les communiquerions pas, mais je peux vous assurer que nous ne les avons pas. Je suis en mesure de vous l'affirmer formellement. Compte tenu du dépôt de garantie qu'il avait versé, nous avons voulu lui rembourser un trop-perçu de trente-huit euros. Le chèque nous est revenu voici deux jours. M. Gazier ne fait pas suivre son courrier. Quant à la société Médiasport, il me semble que c'est une entreprise de publicité ou quelque chose comme ça.

– Ce n'est pas précisé dans le bail ?

– Ce sont des locaux à usage de bureau. Je ne crois pas que le bail contienne d'autres précisions.

– Pourriez-vous me le montrer ?

– C'est absolument hors de question, mademoiselle.

Il existait certainement une façon de faire parler ce type, mais Nicole ne la connaissait pas. Fallait-il essayer de lui faire du charme ? Peut-être le syndic lui aussi avait-il reçu des consignes de silence.

– Puis-je vous demander au moins une chose ?

Cette fois le syndic consentit à lui accorder un petit sourire.

– Vous pouvez toujours me le demander.

– Indiquez-moi au moins le nom de la banque sur laquelle Pierre Gazier tirait les chèques avec lesquels il payait le loyer de Médiasport.

Le syndic eut un petit mouvement d'irritation.

– Mais c'est une question confidentielle !

– Je vous en prie, soyez gentil. Personne ne le saura.

Elle adopta une mine de gamine désemparée, celle qui faisait craquer ses professeurs quand elle séchait. Le syndic soupira, chaussa des lunettes à fine monture en or et tira à lui le clavier de son ordinateur. Nicole retint son souffle.

– Les loyers ont été réglés par prélèvements autorisés, pas par chèques. C'est sans doute la raison pour laquelle il y a eu ce trop-perçu. (Le ton de sa voix baissa d'une octave et se fit plus sourd, comme s'il se livrait à des confidences d'une extrême gravité.) Ces prélèvements étaient effectués sur un compte ouvert à la Banque Mutuelle de Bretagne. Que cela reste entre nous.

Elle nota fébrilement cette information sur son calepin.

– Merci. Une dernière question et je ne vous importunerai plus. La police vous a-t-elle interrogé à propos de Médiasport et de Pierre Gazier ?

– Ça ne me gêne pas de vous répondre : pas le moins du monde ! (Il ne put dissimuler sa curiosité.) Pourquoi la police serait-elle venue m'interroger ? M. Gazier a commis un délit ?

– Un crime a été commis sur son palier. Enrique Ochoa. Un homme politique bolivien en exil a été assassiné.

Le syndic se mit à pianoter sur son bureau.

– Je vois, mais vous ne m'avez pas donné cette précision tout à l'heure.

Pour être reçue, elle lui avait parlé d'une enquête sur le marché de la location de bureaux de société. Elle avoua son demi-mensonge par une petite moue. Le syndic prit un air courroucé et pointa sur elle un petit index d'une blancheur nacrée. Son geste était précieux.

– Vous, les journalistes, vous êtes des petits malins. Vous m'avez roulé dans la farine pour obtenir vos informations.

– Je ne vous citerai pas. Je n'ai qu'une parole, maître.

– Je l'espère bien.

Il se leva pour lui signifier que l'entretien était terminé. Elle le remercia encore, sans lui tendre la main, ignorant s'il fallait le faire. Il ne lui tendit pas non plus la sienne et la fit reconduire par son assistante, une forte femme entre deux âges qui affichait des airs importants. Elle se retrouva bientôt dans le vacarme du boulevard Haussmann, envahi par une mer de voitures et par la clientèle des grands magasins. Après le calme de cette étude, qui évoquait la province, le contraste était saisissant.

Gilbert l'attendait dans une brasserie, devant un bock de bière. Elle se laissa tomber en face de lui.

– Comment peut-on obtenir des renseignements dans une banque ? demanda-t-elle.

Sa voix trahissait son excitation.

– Toi qui as fréquenté les banquiers suisses, tu devrais savoir que ça n'est pas évident, répondit-il prudemment.

– Si c'était évident, je ne te poserais pas la question ! Toi qui veux écrire des polars, tu n'as pas une idée ? Dans les polars, les détectives obtiennent toujours ce genre de renseignements sans la moindre difficulté.

– Oui, mais ce sont toujours des anciens flics qui ont gardé des contacts dans la maison. Ils téléphonent le numéro d'une bagnole et on leur donne immédiatement le nom du propriétaire, le numéro de son compte en banque, la couleur des culottes de sa sœur...

Il allongea la jambe sous la table et tenta de glisser son pied entre les cuisses de Nicole. Il avait retiré sa chaussure.

– À propos, de quelle couleur est ta culotte aujourd'hui ? Toujours blanche comme une petite Suissesse bien sage ?

Elle serra ses jambes pour interrompre cette tentative.

– Tu es complètement obsédé ! Je te parle de choses sérieuses.

– Le sexe, il n'y a rien de plus sérieux.

Néanmoins, il abandonna son offensive, remit son mocassin puis frotta pensivement sa joue sur laquelle sa barbe était un peu plus longue que d'ordinaire. Un millimètre de plus, soit un jour supplémentaire sans se raser, avait-il affirmé à Nicole. Pour économiser les accus rechargeables de son rasoir. Elle n'avait rien cru de cette explication farfelue, mais lui avait avoué qu'elle aurait apprécié de le voir au moins une fois rasé de près.

– Si je me rase demain matin, qu'est-ce que tu fais pour moi en échange ?

– Je ne sais pas. Propose.

Il se pencha vers elle pour lui souffler quelques mots à l'oreille. Elle s'empourpra.

– C'est ce que je disais, tu es complètement obsédé.

Néanmoins, elle accepta d'aller retirer sa culotte dans les lavabos. Quand elle fut de retour, il exigea qu'elle lui montre la pièce de lingerie qu'elle avait rangée dans son sac. Elle l'entrouvrit pour qu'il l'aperçoive mais le referma très vite avant qu'il ne réussisse à s'en saisir. Il effectua encore diverses tentatives pour placer son pied entre ses jambes qu'elle serra résolument.

– C'est tout, conclut-elle sur un ton faussement sévère. Et n'oublie pas que tu m'as promis de te raser demain.

Émoustillé par ces exercices, il insista pour la ramener chez lui, mais, bien qu'elle fût elle-même assez excitée, elle ne voulut rien savoir.

– Demain alors ?

– Peut-être. Seulement si tu tiens ta promesse.

– Tu n'as pas peur que je ne résiste pas jusqu'à demain et que je saute la première meuf venue ?

– C'est ton problème.

Au moment de se séparer, elle ne lui accorda qu'un baiser du bout des lèvres. Dans le métro, elle renonça à s'asseoir de crainte de révéler son petit secret. Elle était assez satisfaite de son comportement : il est bon de se faire désirer de temps en temps. Elle ne voulait pas que Gilbert la considère comme sa chose. Elle lui avait donné une petite leçon.

Dès qu'elle eut franchi sa porte le chat vint se frotter contre ses jambes. Elle faisait maintenant bon ménage avec lui. Elle lui prépara sa ration, remplit son bol d'eau, puis se consacra à son propre repas : un assortiment de crudités, de blé germé et de yaourt au soja arrosé d'eau minérale. Elle avait récemment lu qu'il ne fallait plus boire l'eau du robinet.

À l'issue de ces frustes agapes, elle s'installa devant son ordinateur et saisit les notes qu'elle avait prises dans la journée. Ensuite, elle s'empara du classeur cartonné dans lequel elle rangeait son dossier et sur la couverture duquel, elle avait inscrit en grosses lettres rouges, au marqueur : « Affaire Ochoa ». L'épaisseur de ce dossier lui donnait le sentiment d'avoir effectué un travail important et réuni des informations exclusives. Par moments, elle se demandait même si la détention de ces documents ne présentait pas des risques car beaucoup de gens savaient désormais qu'elle enquêtait sur ce crime. Quand son papier serait publié, elle ne risquerait plus rien, mais d'ici là elle devait tout de même demeurer prudente. Cet instant n'allait plus tarder car elle avait maintenant fait plus ou moins le tour de son sujet. Il ne lui restait plus que quelques vérifications, par exemple faire un saut à l'agence de la Banque Mutuelle de Bretagne qui gérait le compte du patron de Médiasport. Même si elle n'obtenait rien, elle aurait au moins essayé.

Elle examina les documents un par un, pour l'essentiel des coupures de presse, et relut ses notes. Elle élabora plusieurs plans, mais aucun ne la satisfit. Elle les trouvait trop scolaires ou trop fantaisistes. Elle étudia plusieurs dossiers publiés dans *Ponctuel*, dont deux signés par Dominique Lubin, pour voir de quelle façon ils avaient été traités. Divers conseils que lui avaient donnés ses professeurs de l'école de journalisme lui revinrent en mémoire. Elle recommença un autre plan et, cette fois, eut le sentiment d'avoir mis dans le mille. Elle entreprit donc de rédiger son introduction. Après avoir longuement hésité, c'était l'anecdote du roman de Montalban qu'elle avait retenue. Ochoa lisait ce livre au moment où les tueurs se présentaient devant sa porte. Pourquoi, au fait, lisait-il ce roman ? Sans doute pour rédiger une critique dans une revue latino-américaine ou pour le citer dans un article. Peu importait, l'essentiel était qu'il l'ait eu entre les mains, ce qui permettrait à Nicole de retomber sur ses pieds dans la conclusion de son papier, en soulignant l'étrange coïncidence qui avait voulu que cet exilé trouve une mort violente à l'instant où il se plongeait dans le récit de l'assassinat d'un autre politicien exilé, que, de plus, l'auteur (étrange prémonition ?) lui avait dédicacé ! Le fait que le roman avait été remis en place dans la bibliothèque d'Ochoa la troubla un instant, mais, à la réflexion, il était fort possible que le Bolivien, qui était un homme très ordonné, ait rangé le livre avant d'aller ouvrir. De toute manière, personne n'irait lui faire un procès en diffamation pour un détail de ce genre.

Elle corrigea plusieurs fois son introduction, pour la rendre plus incisive et plus vivante, puis se lança dans la rédaction du corps de l'article qu'elle avait décidé de construire à la manière d'un thriller – peut-être Gilbert l'avait-il influencée. Au chapitre suivant intervenait Vayron, le flic du commissariat de quartier appelé sur les lieux. Nicole en fit, en quelques lignes, un portrait dont elle fut très satisfaite. Vayron faisait un héros de meilleure facture que Brémont, l'officier de la Criminelle qui avait l'allure d'un petit fonctionnaire et ne lui avait pas fourni le moindre tuyau. Puis venait la mystérieuse officine installée sur le même palier, Médiasport (certainement une couverture), dont les occupants n'avaient pas laissé le moindre élément derrière eux. Elle mit en scène de mystérieux agents secrets en train de déménager et d'essuyer soigneusement leurs empreintes, puis réalisa qu'elle en faisait trop, effaça le paragraphe d'un clic de souris, et se contenta de placer la question clé dans la bouche de Vayron : « Pourquoi avait-on abandonné cette piste ? » Oubli volontaire ? Négligence ? Restait un aspect de l'affaire sur lequel elle se sentait moins à l'aise : la carrière d'Ochoa en Bolivie et ses activités d'exilé. Tout ce qui concernait cc sujet avait déjà été publié et les quelques articles de la presse bolivienne qu'elle s'était procurés sur Internet ne contenaient rien de plus. Ces papiers donnaient même l'impression que, dans son pays, Ochoa avait été plus ou moins oublié et faisait figure de *has been*, ce qui n'était évidemment pas de nature à mettre en valeur l'enquête de Nicole Sarlat. Mieux valait au contraire que le Bolivien apparaisse comme un redoutable rival du Président en place, voire comme le chef d'orchestre clandestin d'un dangereux mouvement d'opposition. Mais, faute d'éléments précis, elle ne pouvait rien affirmer. Nicole relut attentivement les notes qu'elles avait prises après son entrevue avec Victor Pavez. Le Colombien avait insinué beaucoup de choses, mais n'avait rien dit de précis, sinon qu'il affirmait avoir écrit un livre qui allait faire du bruit, mais ne voulait pas être cité tant que le livre en question n'aurait pas été publié. Comment utiliser cet entretien ? Elle écrivit quelques lignes sur un mystérieux personnage qui en savait long sur l'assassinat d'Ochoa mais craignait pour sa sécurité, puis les effaça. Ce n'était pas bon : les flics risquaient de venir l'interroger pour lui demander l'identité de l'individu en question. Il lui faudrait alors invoquer la déontologie professionnelle pour refuser, ce qui lui vaudrait peut-être des ennuis avec la justice, et elle n'y tenait pas. Sa situation n'était pas assez solide pour qu'elle puisse s'offrir ce luxe, en dépit de la publicité que pourrait lui apporter un procès. Elle se limita donc à faire dire à Pavez, sous le pseudonyme de Pablo, qu'Ochoa recevait de mystérieuses visites de diplomates en limousines noires et de non moins mystérieux latinos qui pouvaient bien être les émissaires de cartels colombiens. Elle remplaça ensuite Pablo (trop banal) par Miguel, qui lui plaisait davantage.

Aux environs de trois heures du matin, elle déclencha l'impression de son texte. L'imprimante lui livra vingt-huit feuillets. C'était trop long : Lubin lui avait dit : « Pas plus de vingt feuillets, titraille, chapeaux et intertitres compris. » Elle s'accorda une pause pour se faire du thé qu'elle sirota devant sa copie. La mort dans l'âme, elle se résigna à couper, mais il lui fallut relire quatre fois son texte pour y parvenir – chaque détail lui semblait indispensable. Savoir élaguer faisait aussi partie des techniques qu'on lui avait enseignées, mais l'exercice était toujours douloureux. Une fois parvenue à la longueur voulue, elle procéda encore à d'innombrables petites corrections, de sorte qu'elle réimprima trois fois son article et que le jour commençait à poindre quand elle estima avoir terminé – du moins provisoirement car il lui faudrait peut-être intégrer quelques précisions supplémentaires par la suite.

Voilà, c'était fini. Elle éprouva soudain un sentiment de vide, comme si son existence avait perdu d'un seul coup toute signification. Elle frissonna. Elle était à la fois épuisée et surexcitée, et n'avait aucune envie de dormir. Elle se fit à nouveau du thé qu'elle but cette fois en grignotant des amandes et des raisins secs. La seule idée qui l'obsédait maintenant était de faire lire son papier à un professionnel pour avoir un avis extérieur, car elle avait conscience d'être pour le moment dans l'incapacité de porter un jugement sur son travail. Sur une brusque impulsion, elle glissa ses vingt feuillets dans sa sacoche, enfila son vieil imper et ses mocassins, et sortit sans se maquiller ni se coiffer. Elle arriva pile pour profiter du premier métro. Les voyageurs n'étaient pas ceux qu'elle côtoyait d'habitude, elle le remarqua mais n'y prêta guère attention. Elle prit place sur une banquette, face à une femme qui portait une veste d'uniforme bleu marine sous une parka. Elle se demanda s'il s'agissait d'une policière ou d'une hôtesse de l'air, puis renonça à élucider ce petit mystère pour se plonger à nouveau dans son papier. Elle abandonna à la quatrième page : plus elle relisait son texte, plus elle le trouvait plat, mal fichu. Elle s'efforça donc de se concentrer sur autre chose. Le petit jeu auquel elle s'était livrée avec Gilbert lui revint en mémoire. Sur le coup, elle n'avait pas très bien su pourquoi elle avait cédé à son caprice pour refuser ensuite de le suivre chez lui, sinon pour manifester son indépendance ; maintenant, elle commençait à trouver la situation très excitante, imaginait divers scénarios érotiques et en ressentait très nettement les effets.

À l'instant d'entrer dans le studio de Gilbert – il lui avait donné un double des clés –, une idée lui traversa l'esprit : elle risquait de le trouver au lit avec une autre fille. À sa crainte se mêla une certaine excitation à la perspective de le surprendre ainsi. Elle s'avança sur la pointe des pieds et constata qu'il dormait seul, recroquevillé sur le côté dans une position quasi fœtale. Elle s'assit à côté de lui sur le lit, tira le drap doucement pour le découvrir sans le réveiller. Elle le contempla ainsi pendant quelques instants, puis lui caressa la nuque et la colonne vertébrale, de la pointe des ongles. Elle le sentit frémir, puis il émit un petit grognement et se retourna sur le dos en s'étirant, le sexe à demi érigé. Elle fit glisser ses doigts sur sa poitrine, s'attardant sur le duvet frisotté qui courait jusqu'à son pubis. Cette fois, il ouvrit les yeux, s'étira à nouveau en se soulevant sur les coudes, puis saisit Nicole par le bras pour la tirer vers lui. Elle ne résista pas et vint se lover contre lui. Il prit sa main et la plaqua sur son sexe.

– Je me doutais bien que tu ne tiendrais pas.

Elle referma ses doigts sur sa verge, les serra, lui arrachant un petit cri, puis se dégagea d'un mouvement leste.

– Allez, debout là-dedans ! Je vais faire du café.

– Tu n'es qu'une petite allumeuse, reviens, je vais te baiser comme tu n'as jamais été baisée ! dit-il sur un ton geignard en tendant les bras vers elle.

– Plus tard. Nous verrons ça si tu es sage. Je voudrais d'abord que tu lises mon article.

13

Soriano n'avait qu'une expérience limitée du vol de voitures et il ne se sentait pas le courage de braquer un conducteur, comme l'avait fait Casado pour s'emparer de la Laguna qu'ils avaient utilisée pour l'exécution d'Ochoa. De plus il aurait fallu qu'il fasse faire d'autres plaques et qu'il les pose lui-même, toutes opérations qui lui semblaient compliquées car il n'avait aucun goût pour le travail manuel, en dehors de la cuisine. Il jeta donc son dévolu sur une fourgonnette d'un modèle très ancien, dont il arracha les fils du démarreur pour les relier sous le tableau de bord, selon une technique tombée en désuétude en raison des progrès des systèmes antivol. Ses copains de Conchali lui avaient enseigné ce procédé qui a encore cours à Santiago, où circulent toujours beaucoup de véhicules dépourvus de ces avancées de la technologie sécuritaire. La nervosité rendait ses gestes maladroits, Soriano était anxieux et tendu. Il n'aimait pas le travail que lui avait confié Chiqui.

À sa surprise, le moteur de la fourgonnette toussa puis démarra sans difficulté. Il tournait mieux que ne le laissait imaginer l'état général du véhicule. Soriano disposa sur le siège du passager un plan de banlieue et le croquis qu'il avait trouvés dans sa boîte aux lettres avec un jeu de clés et une liste :

– Secrétaire pliant Directoire.

– Chat en bronze, sur la cheminée.

– Pendule en cuivre à mécanisme apparent.

– Petit tableau représentant un angelot dans l'entrée.

Cette sélection lui avait semblé bizarre, mais Chiqui avait probablement ses raisons : des clients susceptibles d'acheter ces objets. Soriano ignorait à quoi pouvait ressembler un secrétaire Directoire, mais la baraque ne devait pas contenir cinquante meubles pliants. Il alluma les veilleuses de la fourgonnette, vérifia le niveau d'essence, desserra le frein à main, débraya et passa la première. Quand il embraya, la boîte de vitesses patina, puis la fourgonnette fit un brusque bond en avant. Cet engin exigeait sans doute un conducteur accoutumé à ses caprices. Soriano parvint néanmoins à en conserver le contrôle et à éviter un camion qui arrivait en sens inverse. La rue était déserte et mal éclairée – il l'avait choisie pour ces raisons. Elle débouchait dans une large avenue que Soriano remonta jusqu'à la Porte Clichy. Quand il eut rejoint le périphérique, il se détendit un peu et eut le sentiment que plus rien de fâcheux ne pouvait lui arriver dans l'immédiat. Il commençait à s'habituer à la fourgonnette, à deviner ses réactions. La direction avait du jeu et il fallait enfoncer la pédale pour réussir à freiner, mais, quand on le savait, on parvenait à maîtriser tant bien que mal le véhicule. Il suivit fidèlement l'itinéraire que lui avait fourni Chiqui : l'autoroute A1, puis la route de Beauvais. Il trouva facilement l'embranchement vers Presles. En revanche, il eut davantage de difficultés pour localiser la maison qu'il devait cambrioler et se perdit pendant vingt minutes dans un dédale de constructions pavillonnaires. Il commençait à désespérer quand il lui sembla identifier un virage noté sur son croquis. La route gravissait une assez forte côte, conformément aux indications de Chiqui. Soriano dépassa plusieurs villas de dimensions et styles divers, puis aperçut enfin son objectif : une grande bâtisse de trois niveaux coiffée d'un toit en ardoises. Il rangea la camionnette sur le bas-côté, cinquante mètres plus loin, éteignit les phares, enfila des gants, prit un gros sac de voyage en toile noire et marcha jusqu'au portail grillagé dans lequel était découpée une petite porte. Pour l'ouvrir, il utilisa la plus grosse des trois clés, puis s'engagea dans l'allée qui conduisait à ce qui semblait être l'entrée principale. Tous les volets étaient clos, pas un rai de lumière ne filtrait des fenêtres. Prudent, Soriano préféra néanmoins faire le tour de la maison avant d'y pénétrer. De l'autre côté, il ne décela pas non plus le moindre signe d'une présence. Des meubles de jardin étaient installés sur une petite terrasse qui donnait sur un parc plongé dans l'obscurité. Le pire aurait été de tomber sur un chien, mais s'il y en avait eu un il aurait probablement réagi immédiatement à l'approche de l'intrus.

C'est seulement quand il eut pénétré dans la maison que Soriano alluma sa lampe torche. L'entrée était moins luxueuse qu'il ne s'y attendait. Les murs étaient décrépis. Des bottes, des paniers, des cirés et des ustensiles divers traînaient un peu partout. Le cambrioleur faillit se prendre les pieds dans une roue de vélo. Peut-être les maîtres des lieux passaient-ils par la terrasse et ce couloir était-il réservé aux domestiques et aux enfants. Il traversa ensuite une vaste cuisine aménagée de façon archaïque, ce qui confirma son hypothèse. L'endroit sentait le renfermé et donnait l'impression d'être abandonné depuis un certain temps. Le séjour qui ouvrait sur la terrasse était immense mais encombré de meubles vieillots. Des housses protégeaient les canapés et les fauteuils, ce qui semblait indiquer que les propriétaires étaient partis en voyage. Soriano éteignit sa lampe et se laissa tomber dans un de ces sièges, pour souffler, bien qu'il n'eût accompli aucun exercice particulièrement fatigant – la tension nerveuse l'avait vidé. Il s'appliqua à se décontracter et, pour la première fois, se demanda comment Chiqui avait réussi à savoir quels objets contenait cette maison et à se procurer les clés. L'explication la plus vraisemblable qui lui vint à l'esprit fut que son commanditaire était en cheville avec des gens chargés d'entretenir la maison, des domestiques ou peut-être même des membres de la famille des propriétaires. Des enfants qui font dévaliser leurs parents par des voyous, ce sont des choses qui arrivent de nos jours. Soriano, lui, n'aurait pas commis un acte pareil. Dépouiller sa propre mère est un affreux sacrilège – de toute manière la sienne n'avait rigoureusement rien à voler. Après avoir ainsi cogité quelques instants, il se sentit un peu plus détendu. Il avait en effet redouté de tomber dans un traquenard, par exemple de trouver le cadavre encore chaud d'un type qu'on l'accuserait d'avoir trucidé, comme cela arrivait souvent dans les films. Étranger en situation irrégulière, il avait le parfait profil du pigeon et savait que les scrupules ne devaient pas étouffer Chiqui. Mais aucune mauvaise surprise de ce genre ne l'attendait, la maison était tout simplement vide. Il remarqua immédiatement la pendule au mécanisme apparent qui reposait non sur la cheminée mais sur une table en marbre. À première vue, elle ne payait pas de mine, mais elle était sans doute très ancienne. Elle était aussi très lourde. Soriano la plaça dans le sac, qu'il posa sur le parquet, et partit à la recherche des autres objets. Le chat en bronze n'était pas léger non plus. Suivant les recommandations de Chiqui, il enveloppa la statuette dans un morceau de couverture pour éviter qu'elle ne cogne contre la pendule. Il découvrit ensuite le secrétaire dans une autre pièce. Ce meuble semblait fragile et difficile à transporter bien qu'il fût léger. Soriano ignorait comment il fallait s'y prendre pour le replier – Chiqui ne lui avait donné aucune indication. Il tâtonna au hasard et ses doigts rencontrèrent la languette métallique qui déclenchait le mécanisme. Il réussit à coincer l'écritoire sous son bras après l'avoir pliée, mais réalisa qu'il ne parviendrait pas à porter le sac de sport en même temps, ce qui signifiait qu'il allait devoir faire deux voyages. Sans compter le tableau qu'il n'avait pas encore trouvé. Chiqui ne l'avait pas prévenu non plus de ces risques supplémentaires. Après réflexion, il décida de commencer par le secrétaire d'acajou qui était l'objet le plus encombrant et le plus difficile à dissimuler, donc le plus compromettant. Peu de gens transportent des meubles de ce genre à une heure avancée de la nuit. Il l'enveloppa aussi dans une couverture et le transporta précautionneusement jusqu'à la fourgonnette. À l'instant où il refermait les portes arrière, des phares l'aveuglèrent. Quand la voiture parvint à sa hauteur, elle ralentit. Dominant un réflexe de curiosité, Soriano lui tourna le dos en faisant semblant d'examiner un de ses pneus, de façon à ce que le conducteur inconnu ne puisse pas voir son visage. Mal lui en prit car celui-ci s'arrêta quelques mètres plus loin et passa sa tête au travers de sa fenêtre.

– Vous avez un problème ? Je peux vous aider ?

– Merci, tout va bien, répondit Soriano en s'appliquant à dissimuler son accent.

Fort heureusement, l'autre n'insista pas. Ses feux rouges disparurent bientôt en bas de la côte.

Les chances qu'il soit capable d'identifier le cambrioleur étaient très faibles car Soriano était resté dans l'ombre, en revanche il se souviendrait peut-être du modèle de la fourgonnette, ce qui n'avait guère d'importance.

Soriano demeura immobile pendant quelques instants pour reprendre son souffle, car l'incident avait fait monter sa tension, puis il repartit vers la maison. Il n'y avait toujours pas un chat en vue et il reprit peu à peu confiance en lui. L'angelot se trouvait en effet dans l'entrée. Le cambrioleur était passé devant le tableau sans le remarquer. Drôle d'idée de placer une toile de prix à un endroit pareil ! Peut-être ses propriétaires ignoraient-ils la valeur de cette croûte. Soriano n'avait pas la moindre compétence ni le moindre goût pour la peinture, néanmoins, par pure curiosité, il braqua sa lampe sur ce bambin joufflu doté de petites ailes qui, perché sur un nuage, soufflait dans une sorte de trompette. Il le trouva ringard : jamais il n'aurait mis un truc de ce genre chez lui. Il tenta de déchiffrer la signature, mais n'y parvint pas. Il espérait vaguement lire un nom célèbre comme Picasso, Rubens ou Van Gogh, les rares qu'il connaissait. Il fut donc un peu déçu. Voler une œuvre de très grande valeur lui aurait peut-être permis de demander à Chiqui de se montrer un peu plus généreux, voire de le faire chanter. Soriano savait que les tableaux les plus connus sont répertoriés, activement recherchés par des polices spécialisées et négociés en sous-main avec les voleurs par les compagnies d'assurances. Mais Chiqui n'était pas le genre de type à se lancer dans des trafics de ce niveau et, si cela avait été le cas, il aurait été très imprudent de tenter de le faire chanter... Le Chilien chassa donc ces idées qui ne menaient à rien et décrocha le tableau qu'il enveloppa à son tour dans un pan de couverture avec beaucoup de précautions. Il ficela son paquet et décida de ne pas le mettre dans le même sac que la pendule et le chat, de crainte de crever la toile.

Mission accomplie. Il déposa son butin dans le couloir et retourna faire un tour dans le grand salon. Par curiosité, il essaya de repérer le fameux coffre dont Chiqui lui avait parlé. Après avoir inutilement soulevé plusieurs tableaux (dans les films, les coffres sont souvent dissimulés derrière des tableaux), il le découvrit dans une pièce voisine, encastré dans un bureau. Ce coffre paraissait très ancien, avec son volant d'acier dont la peinture s'écaillait, mais, même s'il s'agissait d'un vieux modèle, Soriano savait qu'il n'avait aucune chance de réussir à l'ouvrir. Il allait quitter la pièce quand son attention fut attirée par une armoire vitrée où étaient exposés divers objets dont deux petits revolvers nickelés à crosse de nacre. Ces armes évoquaient celles utilisées dans les westerns par les joueurs professionnels à la fin des parties délicates, quand un perdant mécontent les accusait de tricher – telle fut du moins l'image qui vint à l'esprit du Chilien. Il s'approcha de la vitrine et tenta de l'ouvrir, mais elle était fermée à clé. « Surtout, ne casse rien, ne laisse pas de traces de ton passage », avait dit Chiqui. Il s'empara néanmoins d'un coupe-papier dont il inséra la lame dans l'interstice de la porte de la vitrine, qui résista à cette tentative. Il se mit alors à fouiller les tiroirs et finit par dénicher un jeu de clefs qu'il essaya successivement. La quatrième lui livra enfin accès à la vitrine. Il s'empara d'un des revolvers, le soupesa, fit jouer le barillet qui tournait aussi bien que s'il avait été graissé la veille, vérifia qu'il ne contenait pas de cartouche, releva le percuteur et appuya sur la queue de détente. Le flingue semblait en état de marche. Soriano n'avait jamais été particulièrement fasciné par les armes, mais celle-ci lui plaisait beaucoup. À regret, il la remit en place et referma la porte de la vitrine, puis, sur une impulsion, alors qu'il s'apprêtait à quitter la pièce, revint prendre le revolver et le glissa dans sa poche. Il fila ensuite le plus vite possible en emportant son butin, comme si ce larcin supplémentaire risquait de déclencher une soudaine catastrophe. Le sac contenant le chat et la pendule dans une main, le tableau coincé sous l'autre bras, il courut jusqu'à la camionnette.

Cette fois, aucun automobiliste ne le dérangea. Il démarra aussitôt et s'appliqua à conduire prudemment. Un accident aurait été la pire des choses qui puisse maintenant lui arriver.

14

Lubin ôta ses lunettes, les replia, les rangea dans son étui, puis repoussa la liasse de feuillets en direction de Nicole Sarlat.

– Il y a des choses intéressantes, dit-il.

Nicole se mordit la lèvre inférieure, sans réussir à dissimuler son dépit. À l'expression de Lubin, elle avait immédiatement compris que son papier ne l'enthousiasmait pas.

Ils étaient assis face à face, au fond d'une brasserie de la place de la Bastille. Gilbert lui avait proposé de l'accompagner mais elle avait catégoriquement refusé. Elle était assez grande pour se défendre seule, et c'était à elle, et à personne d'autre, qu'on avait commandé l'article.

– Sois franc, insista-t-elle. C'est nul ?

Lubin soupira.

– Pourquoi employer des grands mots ? Je n'ai pas dit que c'était nul. J'ai dit qu'il y a des éléments intéressants dans ton article, point. Je n'ai pas dit autre chose. Mais, si tu veux mon avis, Cohen ne le publiera pas tel quel.

– Cohen te consultera avant de prendre une décision. Je me trompe ?

– C'est probable, mais il est assez grand pour voir tout seul qu'on ne peut pas balancer ça comme ça. On peut lui reprocher beaucoup de choses, mais c'est un pro. D'abord, il faudrait le faire lire par un avocat. Les canards ont horreur des procès. Même quand on les gagne, ça coûte toujours du fric. Moi, je ne suis pas juriste, mais j'ai suffisamment de bouteille pour te dire que ça ne colle pas...

– Sois un peu plus précis, dit-elle sèchement.

– Eh bien, pour ne citer que cet exemple, tu insinues que ce flic – j'ai oublié son nom – a été victime d'une mutation-sanction, tu lui fais dire qu'on l'a écarté pour étouffer l'affaire. Tu ne donnes pas son identité, mais il est facilement identifiable. Pour te couvrir, il faudrait qu'il te signe un témoignage en bonne et due forme, avec une pièce d'identité.

– Pourquoi, puisque, justement je ne cite pas son nom ?

– Parce que, comme je viens de te le dire, il est facilement identifiable : il n'y a pas cinquante flics qui sont arrivés les premiers sur place et ont été mutés dans le dix-neuvième ! Ça le désigne même carrément à ses supérieurs. Imagine que le juge, ou je ne sais qui au Parquet de Paris ou Place Vendôme, pique un coup de sang à la lecture de ton papier et décide de t'attaquer en diffamation. Ou simplement de nous ridiculiser. Ils vont demander à Vayron – voilà, son nom me revient – de déclarer officiellement qu'il ne t'a jamais raconté de trucs de ce genre, que tu affabules, ou même qu'il ne t'a jamais rencontrée ? Vayron est un fonctionnaire : à moins de se lancer dans une bagarre contre son administration, tu penses bien qu'il dira ce qu'on lui demandera de dire. Au mieux, il ne dira rien du tout. De toute manière, tu seras incapable de prouver ce que tu avances. Or tu laisses entendre tout de même que des magistrats se sont prêtés à une opération qui consiste à couvrir des criminels. Ou bien qu'ils sont complètement incompétents. Ce ne sont pas des choses qu'on affirme sans biscuits.

– Il y a tout de même cette boîte bidon qui a servi de couverture aux tueurs : Médiasport.

– D'accord, c'est une piste, mais ça demanderait tout de même à être creusé.

– Tu ne te rends pas compte du temps que j'ai passé là-dessus ! protesta-t-elle. J'ai enquêté sérieusement. J'ai procédé à toutes sortes de vérifications. J'ai même rencontré le syndic de l'immeuble et le banquier qui gère le compte de Médiasport.

– Sans doute... Moi, je te donne mon sentiment.

– Ce qui veut dire que je n'ai pas intérêt à présenter mon papier à Cohen ?

– Tu fais comme tu le sens. Je ne t'ai donné qu'un exemple, mais il y a d'autres trucs qui sont un peu limites. Par exemple cette histoire de réfugié latino, anonyme lui aussi. Il en dit trop ou pas assez. Et on ne peut pas construire un papier de ce genre avec une série de témoignages anonymes...

– Bon, je me suis plantée, dit-elle.

Elle avait les larmes aux yeux. Une boule s'était formée au fond de sa gorge. Lubin, vaguement mal à l'aise, se mit à pianoter sur la table en regardant ailleurs.

– C'est bien raconté, dit-il. Ça demanderait seulement à être un peu retravaillé...

– Je n'ai pas besoin d'un prix de consolation ! explosa-t-elle.

Et d'un seul coup, le flot la submergea. Elle éclata en sanglots.

– Il ne faut pas le prendre comme ça ! Tu m'as demandé mon avis, je te l'ai donné. Ce n'est qu'un avis. Je peux me tromper.

Son intonation laissait au contraire entendre qu'il était certain de ne pas se tromper. Nicole ne fut pas dupe. Avec des gestes nerveux, elle fouilla dans son sac, réussit à en sortir un Kleenex, puis réalisa qu'elle allait s'étaler du rimmel sur le visage et fila vers les toilettes. Elle s'examina dans la glace et se trouva moche et ridicule. Elle venait de se donner en spectacle à ce type. Elle avait trop misé sur cette enquête. Elle se passa de l'eau fraîche sur la figure, puis se remaquilla et monta retrouver Lubin qui l'avait attendue patiemment.

– Ce n'est pas tout, dit celui-ci, je dois partir, j'ai un rendez-vous à l'autre bout de Paris. Je t'avais prévenue que je ne pourrais pas rester longtemps.

C'était vrai, elle avait beaucoup insisté pour le rencontrer immédiatement. Il paya les consommations, lui donna une petite tape sur l'épaule qui l'exaspéra – elle détestait les démonstrations de paternalisme – et s'éclipsa. Après son départ, Nicole fut tentée de relire une énième fois son papier, mais y renonça. Il fallait le laisser de côté un moment puis le revoir à tête reposée, et non sous le coup de l'émotion. Elle commanda un second café, puis, pour se détendre, alla faire quelques pas devant l'Opéra Bastille où une foule de jeunes gens, assis sur les marches, attendaient on ne sait quoi. Deux types l'accostèrent, l'un pour tenter de lui vendre une revue éditée selon lui au profit des enfants handicapés, l'autre pour la draguer. Elle les rabroua sèchement. Aucun des deux n'insista. Après cet exercice, elle se sentit un peu mieux, tout en ayant parfaitement conscience de s'être défoulée un peu lâchement sur des gens qui n'étaient pas responsables de l'humiliation qu'elle venait de subir.

Elle marcha encore un peu, le long du canal cette fois, à l'écart de la cohue, et tenta de s'éclaircir les idées.

Son article, les critiques de Lubin, tout se bousculait dans sa tête, elle avait du mal à faire le point. Une chose pourtant était certaine : elle ne pouvait pas assumer tout cela seule, elle avait besoin d'en parler très vite à quelqu'un. Et la seule personne susceptible de l'écouter dans l'immédiat était Gilbert, ce qui la contrariait car son arrogance masculine l'irritait. Aller pleurnicher dans son giron n'était pas le meilleur moyen de se faire respecter. Elle hésita un bon moment, puis, sur une impulsion, composa son numéro sur son téléphone mobile.

*

– C'est bien, dit Chiqui, c'est du bon boulot. Tu n'as rien cassé ? Rien taxé d'autre ?

– Absolument rien, répondit Soriano en songeant au joli petit revolver nickelé qu'il avait dissimulé dans sa chambre, sous la lame de parquet, avec ses autres trésors, dont deux des montres volées à l'Anglais qu'il n'avait pas réussi à vendre.

Chiqui prit une enveloppe dans sa poche et la poussa sur la table en direction de Soriano qui s'en empara avidement et la fit disparaître sans l'ouvrir.

– Il y a deux mille euros, annonça Chiqui. Tu auras encore droit à deux mille de plus quand tout sera réglé...

– Mais, je croyais...

– Il faut encore que mon client vérifie que les pièces sont bonnes, consentit à expliquer Chiqui. Mais ne t'inquiète pas. C'est comme si c'était fait.

Soriano estimait avoir accompli sa part du travail : c'était à Chiqui de s'assurer à l'avance que les pièces étaient bonnes, et pas à lui de subir les conséquences d'une erreur d'évaluation.

Pourtant, il n'osa pas protester : Chiqui lui avait consenti plusieurs avances et ne l'avait jamais arnaqué. Son commanditaire sentit ou devina néanmoins ses réticences.

– C'est ainsi que marche le business, *compañero*. Chacun est intéressé à l'affaire. Dis-toi bien que ces deux mille, je les sors de ma poche. Si l'affaire foire, moi je ne les récupérerai pas. Si ça merde, je devrai me débarrasser de la camelote. Je ne stocke pas et je ne vends pas à n'importe qui, je suis un type sérieux. Je t'ai déjà expliqué : c'est une affaire de rotation du capital. Le capital doit tourner rapidement.

Soriano n'y entendait rien en économie, mais il avait néanmoins compris qu'il devrait très probablement faire son deuil de ce second versement, car Chiqui trouverait facilement un prétexte pour ne pas tenir ses engagements, il prétendrait par exemple que les pièces n'avaient pas été vendues au prix prévu. Il avait deux solutions : engager la bagarre contre le receleur ou faire semblant de croire ses promesses pour garder la face. Il choisit la seconde. Quelques années plus tôt, il aurait mis la pointe d'un couteau sur la gorge de son comparse, mais il avait appris à ses dépens qu'il faut parfois s'écraser. Peut-être après tout que Chiqui tiendrait ses engagements. Il s'efforça de s'en convaincre pour dominer sa colère.

– Tes raisons ne m'intéressent pas, dit-il, mais je compte sur ces deux mille.

– Tu peux y compter, assura Chiqui. Est-ce que je t'ai déjà truandé ?

La réponse était non, mais il y a un commencement à tout.

– Si ça se passe bien, tu auras même droit à une petite prime supplémentaire. Et je ne parle pas des deux avances, ça ce sont des cadeaux d'ami.

Drôle de cadeau ! Qui avait pris les risques ? Ce gros porc me prend pour un demeuré. Il accepta néanmoins de trinquer avec Chiqui.

– *Salud* !

– *Salud !* Mais dis-moi, as-tu des nouvelles de ton pote Casado ?

– Pas plus que ça. Mais ce n'est pas mon pote, nous avons seulement travaillé ensemble deux ou trois fois.

– Deux ou trois fois... Je te parle de Casado parce que j'ai entendu dire qu'il était mouillé dans des affaires...

Les yeux de Soriano se rétrécirent.

– Quel genre d'affaires ?

– Des affaires auxquelles, moi, je ne touche pas. Dans la vie, chacun fait ce qu'il veut, mais si j'apprenais que tu es toi aussi mouillé dans des trucs de ce genre, je ne pourrais plus travailler avec toi.

– Tu veux dire des affaires de dope ?

Chiqui eut un geste évasif.

– Des affaires de dope et d'autres. Mais si tu n'es pas au courant, n'en parlons plus. Je voulais seulement te prévenir. Je ne touche pas à certains trucs, répéta-t-il.

Il se leva, contourna la table et donna une petite tape sur l'épaule du Chilien. Soriano le regarda traverser la salle du bistro de son pas légèrement chaloupé. À son habitude, il salua plusieurs consommateurs et échangea quelques mots à voix basse avec un couple avant de sortir. Ce type-là connaissait un monde fou, participait à toutes sortes de combines légales et illégales et n'avait pourtant, à la connaissance de Soriano, jamais passé une seule nuit en prison, ni même au dépôt ou dans un commissariat. Fallait-il en conclure que Chiqui était un indic ? Sa réputation était excellente, mais peut-être qu'il cachait bien son jeu. Que savait-il au juste sur Casado ? Soriano lui-même ne savait pas grand-chose de son compatriote, si ce n'est qu'ils avaient grandi dans le même patelin. Casado représentait un gibier beaucoup plus intéressant que lui pour les flics, sauf si ceux-ci apprenaient qu'ils avaient participé ensemble à l'exécution d'Ochoa. C'était maintenant une vieille histoire, mais la police ne referme jamais complètement ce genre de dossier. Chiqui, qui laissait traîner ses oreilles un peu partout, était-il à la recherche d'informations sur ce coup ? Avait-il voulu lui donner un avertissement ? Soriano décida qu'il était inutile de se torturer les méninges : il n'y avait aucune preuve ni contre lui ni contre Casado et, même si son complice se faisait balancer par son commanditaire, il n'était pas du genre à s'allonger. Le plus probable était que Chiqui prêchait le faux pour savoir le vrai et qu'il cherchait seulement à savoir ce que trafiquait Casado. Il était assez malin pour comprendre que Casado et Soriano n'étaient pas du même calibre.

Soriano commanda un pisco, ce qui faisait le troisième car il en avait déjà bu deux en compagnie de Chiqui. Ce bistro était l'un des rares où on servait du pisco. L'alcool lui redonna un peu de tonus. Peut-être qu'il ne toucherait pas le second versement, mais il avait tout de même gagné deux mille euros en quelques heures, ce n'était déjà pas si mal. Il s'efforça de calculer combien de passes cela représentait puis y renonça. Le tapin aussi, c'était de l'histoire ancienne. Ce qui était intéressant, c'était de savoir combien d'opérations de ce genre il fallait pour économiser de quoi monter son restaurant. Le résultat de ses calculs lui arracha une petite grimace. Néanmoins, il prit la résolution de cesser de claquer inutilement son fric comme il l'avait fait jusqu'à présent. Quand il fut de retour dans sa piaule, il prit un billet de cent dans l'enveloppe, compta les billets restants – le compte y était –, et alla les glisser sous la lame de parquet. À cette occasion, il examina une fois de plus le revolver nickelé, fit tourner le barillet, arma le chien, pressa la détente – tout fonctionnait parfaitement. Il se demanda si cette arme de collection pouvait encore être utilisée et combien elle pouvait valoir. En dépit de l'attrait que cet objet exerçait sur lui, il n'éprouvait aucun désir de s'en servir. Mais il n'avait pas non plus envie de la vendre car l'expérience des montres lui avait appris qu'il ne pourrait pas en tirer un bon prix. S'il avait possédé un appartement et des meubles, il l'aurait volontiers placée dans une vitrine, comme le faisait son propriétaire précédent. Il alla se placer devant sa glace et pointa le revolver sur sa tempe, comme s'il voulait se suicider, puis il le glissa dans sa bouche. Ces exercices lui procurèrent des sensations érotiques qui lui donnèrent envie de sortir et d'aller se lever un type. Il lui restait une provision de coke pour ce genre de nuit. Il se doucha, commença à s'habiller – son pantalon de costume noir et sa chemise de lin –, mais, à l'instant d'enfiler sa veste, changea brusquement d'avis. Plus question de claquer son fric de cette façon. S'il cédait ainsi chaque fois à ses pulsions, son restaurant ne verrait jamais le jour et il terminerait sa vie comme clochard, s'il ne se faisait pas expulser avant. Les billets cachés sous la lame de parquet représentaient la première pierre de son affaire, il ne devait pas y toucher. Au prix d'une bataille intérieure qu'il gagna plus facilement qu'il ne l'aurait imaginé, il parvint à résister à toutes les tentations. Pour prix de consolation, maintenant qu'il s'était sapé, il décida de s'offrir le restaurant et descendit dîner dans un chinois du quartier où il fut accueilli avec de grands sourires par une jeune fille plutôt jolie. Il commanda des nems, du canard laqué et du thé. Cette toute nouvelle sobriété le surprit lui-même et il éprouva un début d'euphorie. Il avait de la volonté et venait de le prouver. Il était le seul client dans la petite salle vide, la jeune fille se précipitait dès qu'il avait terminé un plat. Cette sollicitude l'agaçait. Il ne se conduirait pas de cette façon quand il tiendrait son restaurant. À la fin du repas, elle lui apporta d'office un alcool de riz servi dans un petit bol en faïence au fond duquel on pouvait distinguer une femme nue, les cuisses écartées, le liquide faisant office de loupe. Cette vision ne lui procura aucune excitation, bien qu'il ne fût pas complètement indifférent aux femmes – dans son adolescence, il avait connu quelques expériences. La Chinoise l'observait avec un petit sourire ironique. Il but l'alcool d'un trait, jeta un œil sur l'addition, plaça un billet de vingt euros sous une soucoupe et se leva sans attendre sa monnaie. La jeune fille se confondit en remerciements et voulut l'aider à enfiler sa veste qu'il avait accrochée sur le dossier de sa chaise. Il la laissa faire bien qu'il n'appréciât pas non plus qu'on s'occupe de lui de cette façon. Il se demanda s'il aurait eu quelques chances de la draguer, à supposer qu'il en eût envie, ce qui n'était pas le cas. Il imagina qu'il se mettait en ménage avec cette Chinoise, puis il repoussa cette idée saugrenue : elle ne saurait certainement pas faire de la bonne cuisine et était tout juste bonne pour servir et tenir la caisse. Ce qu'il lui fallait, c'était un cuisinier professionnel. Il imagina alors un gaillard aux avant-bras musclés sous son tablier blanc et fut à nouveau assailli par toutes sortes de tentations. Néanmoins, il rentra sagement dans sa chambre. Il s'allongea sur son lit tout habillé et échafauda à nouveau divers projets. Au terme de ces réflexions et avant de se résigner à se coucher pour de bon, et seul, il prit une autre décision : chercher dès le lendemain matin un travail qui pourrait lui servir de couverture et lui permettre d'obtenir un permis de séjour en règle, condition indispensable pour ouvrir un restaurant. Accessoirement, il lui procurerait quelques billets supplémentaires. Il passa en revue les établissements où il avait ses habitudes et ceux où il avait quelquefois fait le barman, puis les élimina, justement parce qu'il y était trop connu. Le plus simple était de prospecter les restaurants au hasard, jusqu'à ce qu'un patron se décide à l'embaucher sur sa bonne mine. N'importe quel poste ferait l'affaire, même la plonge. Le travail était plus dur en cuisine qu'en salle, il le savait, mais c'était tout de même le meilleur moyen de rencontrer un cuisinier. L'idée lui vint qu'il pouvait parfaitement s'associer avec un type sans avoir d'autres relations avec lui. C'était même peut-être préférable car il est souvent risqué de mélanger le sexe et les affaires. Sur ces considérations, il s'endormit du sommeil du juste.

*

– Content de t'entendre, ma petite Suissesse adorée, comment va ?

– Pas fort. Je n'ai pas le moral.

– Ah, je devine que ça n'a pas marché avec Lubin.

– Tu as tout compris.

– Bon, tu sais qu'une épaule consolatrice t'attend, et pas seulement une épaule... Tu veux des précisions ?

– Je t'en prie, ce n'est pas le moment de parler de ça.

– OK, monte à la maison, tu me raconteras tes malheurs.

Elle s'en voulut de déballer ses états d'âme, mais elle ressentait toujours cet impérieux besoin de s'exprimer.

– Fais-moi un café, demanda-t-elle à Gilbert, quand elle débarqua chez lui.

Favart voulut la prendre dans ses bras, mais elle lui échappa pour aller se pelotonner, jambes repliées, sur le canapé. Il disparut dans la cuisine, revint quelques instants plus tard avec une seule tasse de café qu'il déposa sur la table basse et prit place en face d'elle sur un pouf.

– Moi, je n'en prends plus pour aujourd'hui. Ça me rend speed. Tu devrais limiter ta consommation.

– Je le sais, figure-toi.

– Bon, raconte-moi comment ça s'est passé.

– Il n'y a rien à raconter. Lubin trouve que mon papier est à chier.

– Il t'a dit ça comme ça ?

– Bien sûr que non ! Mais je ne suis pas complètement débile.

– Il t'a précisé ce qu'il lui reproche, à ce papier ?

– Selon lui, c'est un truc qui risque de déclencher des procès en diffamation et on va au casse-pipe. Il faudrait continuer à enquêter et obtenir des témoignages écrits.

Favart claqua dans ses mains.

– Eh bien voilà ! Il pétoche tout simplement. Ça n'a rien à voir avec la qualité du papier. Et il cherche des prétextes pour ne pas le publier. Tu n'as pas essayé de le présenter directement à Cohen ?

– Ils sont cul et chemise, ça n'a pas de sens. La première chose que fera Cohen sera de demander l'avis de Lubin.

– Tu as raison, ce sont deux vieux cons qui ont

peur de leur ombre. Et, si ça se trouve, Cohen a déjà subi des pressions et il se dégonfle. Ces types-là, ils aiment bien la jouer contestataire, soixante-huitard et tout, mais en réalité ce sont des petits notables des médias qui ne veulent surtout pas prendre le moindre risque.

– Je suis complètement écœurée. Quand je pense au temps que j'ai passé là-dessus ! Et en plus, si ça ne paraît pas, je vais passer pour une conne.

Elle imagina la réaction de son père, à qui elle avait annoncé la parution de son enquête. Elle croyait entendre son ricanement méprisant.

Gilbert se leva, vint s'asseoir à côté d'elle et la prit par l'épaule.

– Bon, ce n'est pas la fin du monde. Il y a sûrement un moyen de passer ça ailleurs. J'ai quelques pistes.

– Et l'avance qu'ils m'ont filée, ils vont me la réclamer ?

– Tu rigoles ! Ça passe aux pertes et profits de la maison. Pour la forme, tu peux toujours leur envoyer ton texte et leur demander de te le refuser officiellement par écrit. Il faut tout de même qu'il passe entre les mains de Cohen. Mais, si tu veux mon avis, ils ne vont même pas se fatiguer à te répondre.

– Je serai complètement grillée dans ce canard.

– Pas forcément. Si ça passe ailleurs, c'est plutôt eux qui auront l'air con. Et, si ça se trouve, dans six mois, ils te commanderont un autre papier. Le tout, c'est de ne pas les braquer. Il ne faut pas les prendre de front. Ce sont des vieux débris qui ne sont plus dans le coup, mais tu le gardes pour toi, tu leur fais plein de sourires. Vous ne voulez pas de mon papier ? OK, je tiendrai compte de vos conseils, je vous remercie beaucoup, mais, si ça ne vous dérange pas, je vais tout de même essayer de le placer ailleurs. C'est la règle du jeu, comme dans l'édition. Ils ne te font pas de cadeau, tu ne leur en fais pas non plus, mais tu préserves quand même les relations.

Gilbert poursuivit ce discours pendant cinq bonnes minutes. Il parlait très vite. Cette avalanche de mots la saoulait, mais elle avait quelque chose de réconfortant. Elle laissa aller sa tête contre l'épaule de son compagnon et se sentit un peu mieux. Il profita immédiatement de la situation pour lui caresser la poitrine, puis l'intérieur des cuisses. Elle protesta mollement, mais se laissa faire.

– Tu ne penses décidément qu'au sexe, dit-elle quand il entreprit de lui retirer son caleçon.

Après avoir fait l'amour, elle se sentit encore mieux et se convainquit que le refus de son papier n'était somme toute qu'une péripétie nullement dramatique. Elle avait faim. Le frigo était vide. Ils descendirent déjeuner dans une pizzeria du Faubourg Saint-Antoine dont le patron accueillit Gilbert comme un vieux copain.

– J'ai fait un papier sur son resto quand il l'a ouvert. Moi aussi, je pige pour toutes sortes de canards.

Les deux jeunes gens oublièrent un instant leurs problèmes professionnels pour se concentrer sur leurs spaghettis bolognaise, mais quand Nicole fut rassasiée, elle revint à la charge.

– Si tu me parlais un peu de ces contacts, qui pourraient m'aider à publier mon papier.

– Cesse de te prendre la tête, sinon ça va devenir une obsession. Nous allons faire un break et nous payer une toile. Tu te détends, tu penses à autre chose et on en reparle ensuite. J'ai deux ou trois plans en réserve, ne t'inquiète pas.

15

Encore plongé dans un demi-sommeil, Pierre fut surpris de constater qu'il n'était pas seul dans son lit. Il songea à Joëlle. Il ne s'était pas réveillé en compagnie d'une femme depuis que Joëlle l'avait quitté pour accepter ce poste à l'Alliance française de Mexico. L'odeur du corps féminin allongé à côté de lui était différente de celle de Joëlle. Ses formes aussi, qu'il devinait au travers du drap, étaient différentes, plus lourdes. Il se redressa, contempla la crinière brune éparpillée sur des épaules à la peau mate, puis observa le décor qui l'entourait. La vision de ses vêtements abandonnés sur le sol et d'un chemisier jeté sur une commode lui tira un sourire. Il songea à une chanson de Nougaro. *Un soutien-gorge sur une chaise, une paire de bas sur un tapis.* Cette référence s'imposait d'autant plus qu'il se trouvait à Toulouse, ville natale du chanteur – il venait de s'en souvenir en même temps que la soirée de la veille lui revenait en mémoire. Barbara – elle s'appelait Barbara – l'avait emmené dans un restaurant espagnol, un demi-sous-sol sombre et enfumé où elle semblait connaître des quantités de gens et où ils avaient beaucoup parlé en éclusant de grands verres de *vino tinto*. Ensuite elle l'avait fait monter dans sa minuscule voiture japonaise qu'elle conduisait d'une main en laissant l'autre traîner sur la cuisse de son passager. Cette audace ne lui avait pas déplu. Il s'était paresseusement laissé caresser en appuyant la tête contre son épaule et n'avait repris l'initiative qu'après avoir franchi le seuil de l'appartement de Barbara.

Il se leva et marcha jusqu'à la fenêtre dont il tira le rideau. La portion de ciel qu'il distingua au-dessus des toits de tuiles était grise. La fenêtre donnait sur une cour intérieure au centre de laquelle se dressait une petite fontaine. Il remit le rideau en place, revint vers le lit et constata qu'il était vide en même temps qu'il entendit le crépitement d'une douche. Il entreprit donc de ramasser ses vêtements, qu'il rangea sommairement sur une chaise, enfila son jean et se mit à la recherche des toilettes qu'il ne trouva pas. Il en déduisit qu'elles se trouvaient dans la salle de bains et, malgré une envie pressante, attendit que Barbara l'ait libérée, estimant que leur intimité naissante ne l'autorisait ni à assister à ses ablutions ni à pisser devant elle – c'était une chose qui déplaisait beaucoup à Joëlle et il ignorait comment Barbara aurait réagi.

– Au fait, pourquoi es-tu venu à Toulouse ? lui demanda-t-elle un peu plus tard, alors qu'il tentait d'utiliser un grille-pain récalcitrant.

– Je pensais te l'avoir dit hier : parce que je ne supportais plus Paris. Je voulais changer d'air, de boulot, de vie.

Elle rit.

– Tu me l'as sans doute dit, mais nous étions un peu bourrés, non ?

Elle coinça le ressort du grille-pain avec une carte de visite pliée en deux.

– Et de femme ? Tu voulais aussi changer de femme ?

– C'est elle qui a pris la décision de changer d'air avant moi. Elle est partie à Mexico.

Elle prit une mine rêveuse.

– Mexico... Je partirais bien moi aussi pour Mexico. Elle est partie avec un autre ?

– Pas que je sache.

– Et tu n'as pas de nouvelles ?

– Je n'ai pas cherché à en avoir. Peut-être qu'elle m'a écrit, mais je ne fais pas suivre mon courrier. Je n'ai donné mon adresse à personne.

– Et ton boulot de journaliste, raconte-moi.

– Il n'y a rien à raconter. J'ai monté un petit canard qui s'est cassé la gueule. En fait, je crois que j'étais plutôt bon comme journaliste, mais très mauvais comme gestionnaire. Mais je me fais peut-être des illusions. Peut-être que j'étais nul dans les deux parties, je ne le saurai jamais. Je n'ai pas envie d'en parler, j'ai fait une croix. C'est une expérience ratée...

Il s'interrompit pour saisir sa tranche de pain qui commençait à fumer, constata qu'elle était brûlée.

– Il faut tout un art pour se servir de ce truc, dit-elle. C'est un test que je fais passer aux mecs qui viennent chez moi.

– Donc je suis recalé ?

– J'accorde parfois une session de rattrapage quand le type a été bon au lit.

– Et... je peux espérer y avoir droit ?

– Nous verrons ça.

Il plaça une seconde tranche dans le grille-pain, dont il coinça le mécanisme avec la carte de visite, puis régla le chronomètre de sa montre qu'il posa sur la table devant lui.

Barbara croisa les bras en hochant la tête.

– Tu es un type drôlement sérieux.

– Je tiens à réussir l'examen. Au fait, c'est un examen ou un concours ? Il y a beaucoup d'autres candidats sur les rangs ?

– Tu es trop curieux.

Il n'insista pas, mais entreprit de la questionner sur son travail.

– Moi aussi, je sais ce que c'est que de faire vivre une toute petite agence. Nous avons créé celle-ci avec une copine il y a deux ans. Le problème, c'est que nous perdons autant de clients que nous en gagnons. Ils sont de plus en plus exigeants, ils voudraient des miracles. L'un dans l'autre, on s'en tire tout de même, mais il faut ramer.

– Et avant ?

– Eh bien, avant j'étais mariée à un type qui dirige une assez grosse agence. C'est lui qui m'a appris le métier. Quand nous nous sommes séparés, j'ai quitté la boîte. Je ne pouvais pas faire autrement.

– Pourquoi, il t'aurait virée ?

– Non, mais je n'avais pas envie de le retrouver tous les matins, et lui non plus. Il a été très correct : il m'a laissé des clients dont je m'occupais et m'en a envoyé d'autres.

– Un type bien, alors ?

– Sur ce plan-là, oui. Dis-moi, tu n'as pas envie de parler d'autre chose ?

Il ne savait pas trop quel autre sujet aborder sans paraître idiot. Difficile d'alimenter artificiellement ainsi la conversation. Un bref silence s'établit, qui fut interrompu par le tiit-tiit de la montre. Il retira la tranche de pain de l'appareil et fit constater à Barbara qu'elle était dorée à point.

– Je crois que tu as réussi la session de rattrapage, mais il me semble que tu as un peu triché. Le règlement n'autorise pas l'usage d'un chronomètre.

– Il aurait fallu me le dire avant.

– Il y a des choses qu'on ne découvre qu'après. Ça vaut pour les femmes, pour les hommes et pour les grille-pains. Mais je serai indulgente, je ferme les yeux sur cette entorse et je t'accorde la mention « assez bien ».

– Assez bien seulement ?

– Dis-toi que je suis une examinatrice très sévère.

– Et... la mention assez bien permet de revenir tenter sa chance ?

– Avec le grille-pain ou avec moi ?

Il s'empara de la main de Barbara et entreprit de la caresser.

– Avec le grille-pain, bien entendu.

– Alors tu peux revenir, mais pas avant lundi. Je suis prise pour le week-end. Il va d'ailleurs falloir que je te chasse.

Il n'osa pas lui demander pourquoi, de crainte de passer pour un macho qui croit avoir acquis des droits de propriété sur une femme parce qu'il a passé la nuit avec elle.

– Très bien, je file.

Elle le raccompagna jusqu'à l'entrée. Il l'attira contre elle et l'embrassa sur la bouche. Un baiser plus tendre que fougueux. Elle reprit sa respiration, déverrouilla la porte mais garda la main sur la poignée.

– Si tu reviens nous voir, le grille-pain et moi, sache que nous ne sommes pas seuls dans la vie.

– Ah...

– Il y a d'abord mon chat, qui est en ce moment chez ma mère et qui est particulièrement possessif.

– J'adore les chats.

– Et il y a aussi mon fils, qui a huit ans. Il est lui aussi très possessif.

La question lui échappa.

– C'est le fils du directeur de l'agence ?

– Perdu, c'était celui d'avant.

Il faillit s'excuser pour son indiscrétion, mais elle ne lui en laissa pas le temps et le poussa sur le palier d'une bourrade affectueuse. Juste avant de refermer la porte, elle lui envoya un baiser, du bout des lèvres, peut-être pour lui montrer qu'elle ne lui tenait pas rigueur de sa maladresse.

Barbara habitait, à deux pas de la Garonne, dans une petite rue étroite que Pierre remonta jusqu'à la place du Capitole. Baignée par un soleil encore timide, celle-ci commençait à s'animer. Il acheta *Sud-Ouest, Le Monde* et *Libération* dans une boutique qui faisait l'angle de la place, puis s'installa à une terrasse et songea que la vie n'était pas trop désagréable. Il avait retrouvé un job, rencontré une fille sympathique. Que demander de plus ? Les blessures causées par le départ de Joëlle et la déconfiture de Médiasport se cicatrisaient, ces péripéties ne seraient bientôt plus que les lointains souvenirs d'une vie antérieure. Même si l'aventure avec Barbara ne devait pas avoir de suite, elle lui avait redonné confiance en lui. Il commanda un café et parcourut les pages sportives des trois quotidiens – depuis des années, il procédait toujours ainsi, même les lendemains d'élection ou quand éclatait une guerre, car il ne s'intéressait que très modérément à la politique. Ensuite, il enchaînait généralement avec les pages de faits divers dont il se délectait volontiers. Toutefois, depuis qu'il avait vu mourir Ochoa sur son palier, il écartait les rubriques consacrées aux crimes qui lui rappelaient par trop un spectacle dont il se serait bien passé. Il ne réussissait même plus à prendre le moindre plaisir à voir ou lire des polars, alors qu'il en était un amateur assez acharné avant cet événement. Pourtant ce souvenir aussi commençait à s'estomper et il fut surpris de constater qu'il avait dévoré de A à Z l'histoire d'un double meurtre commis par un garçon boucher, une affaire assez sinistre qui s'était déroulée dans la région et dont *Sud-Ouest* avait fait son titre principal. Il se demanda pendant un bref instant s'il s'agissait d'une bonne ou d'une mauvaise chose, et s'il était normal de fonctionner ainsi et d'occulter aussi vite des faits dérangeants. Au terme de ses réflexions, il décida qu'il était inutile de se torturer puisque tout cela s'était déroulé dans un univers parallèle qu'il avait quitté pour commencer une seconde vie sur une autre planète. Après les faits divers, il consulta les petites annonces, d'abord pour chercher une voiture d'occasion, ensuite pour se faire une idée des postes qu'il pourrait trouver dans la région au cas où le sien ne lui conviendrait plus – son travail lui semblait monotone et ses employeurs moins sympathiques qu'ils ne lui en avaient donné l'impression au début. Il n'y avait rien qui concernât des documentalistes, mais plusieurs offres pour des secrétaires de rédaction et des graphistes pratiquant la PAO, métiers qu'il avait exercés. Il entoura quelques-unes de ces annonces, déchira la page, la plia et la rangea soigneusement dans sa poche, puis il abandonna ses journaux et se décida à faire quelques courses avant de rentrer chez lui.

*

Petit et chauve, l'homme portait de grosses lunettes de forme bizarre, un nœud papillon à pois rouges sur fond vert, un costume bleu pétrole et des mocassins en crocodile à semelles très épaisses. Cet accoutrement donnait l'impression qu'il cherchait à compenser un physique ingrat par des accessoires d'une laideur agressive. Nicole s'appliqua à oublier ce déguisement pour se convaincre qu'elle se trouvait devant un personnage important : Hervé Malcombe, producteur, patron de presse et animateur de diverses émissions bénéficiant d'un audimat qui suscitait la jalousie de nombre de ses confrères. Il les fit entrer, non dans son bureau, mais dans une immense salle de réunion vide où il les invita à s'asseoir à une table ovale qui aurait pu accueillir une trentaine de personnes, prit place en face d'eux et croisa les mains sous son menton.

– Résumons-nous : Cohen vous refuse un papier explosif sur l'assassinat d'Ochoa, un papier qu'il vous a commandé. Exact ?

– Exact, répondit Favart.

Le pluriel employé par Malcombe pour désigner les auteurs de l'enquête n'échappa pas à Nicole, néanmoins elle acquiesça elle aussi d'un mouvement du menton. Il aurait été ridicule de préciser qu'elle avait réalisé cet article seule. Néanmoins l'idée que Gilbert tentait de tirer la couverture à lui l'irrita.

– Bien, poursuivit Malcombe, je l'ai lu, c'est un bon papier. Vous êtes sûrs de vos sources ?

– Pas de problème, assura Favart.

Encore une fois il avait répondu à la place de Nicole.

– C'est un bon papier, mais il y a tout de même quelques trucs qui méritent d'être mis en valeur. Savez-vous de quelle façon je travaille ?

– En gros, oui, dit Favart.

– Quand je sors une enquête de ce genre dans mon mag papier, je la couple toujours avec une émission. Ça veut dire que je vous fais venir sur le plateau. Vous voyez la promo que ça représente pour vous ?

– Je vois tout à fait, répondit cette fois Nicole, qui ne voulait pas passer pour une muette ou une figurante que son jules trimballait dans ses bagages.

Malcombe la dévisagea avec un petit sourire.

– Le plateau, ça veut dire que vous assurez. Ça passe dans mes enquêtes interdites. Un million de personnes vous regardent. Vous voyez le topo ?

– Absolument, dit Nicole, d'un ton très décidé.

– Vous êtes prêts à répéter devant un million de personnes qu'on vous a refusé ce papier et à expliquer pourquoi ?

Cela signifiait qu'elle allait se griller définitivement avec Cohen et Lubin. Une boule se forma dans sa gorge. Elle croisa très vite le regard de Favart.

– Nous sommes prêts, fit celui-ci.

Le sourire de Malcombe s'épanouit.

– Entre Cohen et moi, il y a un contentieux. Il démolit régulièrement mes producs. Alors je ne vais pas me gratter. Mais vous (il pointa le doigt sur eux), vous devez assurer.

– Et en cas de procès ? demanda tout de même Nicole.

Le doigt de Malcombe changea de position et se pointa vers le plafond.

– Le connard qui voudra me faire un procès, il l'aura dans le cul même s'il le gagne, parce que j'en rajouterai une louche la semaine suivante. À moi, on ne me fait pas de procès. Quand un type est sympa, si on y a été un peu fort, on l'invite à l'occasion pour arranger le coup. Mais celui qui veut passer en force, je le casse. Un procès, ça ne sert à rien de le gagner devant les tribunaux si on le perd dans les médias. Alors Cohen ne me fera pas de procès : il sortira un papier un peu méchant ou bien il me boycottera. Je n'en ai rien à cirer, on ne joue pas dans la même division. *Ponctuel*, ça tire à combien ? Soixante mille à tout casser. Moi, c'est un million de téléspectateurs. Et mon édition papier, je la tire à trois cent mille. Les lecteurs de Cohen, ce sont des intellos qui enculent les mouches, moi je m'adresse au grand public. Il ne faut pas prendre les gens pour des cons. Moi, je respecte le public. Ça vous fait peur, un procès ? Alors, il ne faut pas sortir des enquêtes de ce genre, il faut faire dans le consensuel, moi je dérange.

– Non, non, ça ne me fait pas peur, répliqua vivement Nicole. C'était seulement une question.

Malcombe consulta ostensiblement sa montre, un modèle rectangulaire et volumineux avec deux cadrans superposés.

– Alors, s'il y a d'autres questions, il faut les poser tout de suite, parce que moi, je dois partir dans cinq minutes. Pas d'autres questions ?

Des quantités de questions se bousculaient dans son crâne, mais elle n'osa en formuler aucune.

Favart marqua son assentiment en écartant les mains.

– Bon, s'il n'y a pas de questions, ça roule. Juste une précision. Côté pige, ne vous attendez pas à toucher le gros lot. Je vous fais une promo d'enfer et ça compense largement. Enfin, c'est un choix. Ensuite, si ça accroche entre nous, nous verrons à améliorer l'intendance. Côté technique, il faut aussi que vous sachiez que, chez nous, les papiers sont toujours un peu rewrités, même les très bons comme le vôtre. J'ai décidé ça, parce que je veux que le ton du canard soit homogène. Mais, c'est signé et tous ceux qui passent sur le plateau ont leur bobine dans l'ours. Ça roule ?

Alors vous recevrez un contrat dans deux ou trois jours avec tous les détails et un planning pour la préparation du plateau. Ne vous affolez pas : nous avons au moins trois semaines devant nous. Mais il faut que le papier sorte juste après l'émission, c'est elle qui fait vendre...

L'assistante de Malcombe, une longue brune, les raccompagna jusqu'au hall d'entrée où les émissions en cours étaient diffusées sur un écran géant. Ils arrivèrent à l'instant où apparut en gros plan le visage hilare de Malcombe.

– Je ne sens pas ce type, dit Nicole.

Les doigts de Favart se crispèrent sur son bras.

– Gueule-le sur les toits pendant que tu y es !

– Ne sois pas parano. Personne ne fait attention à nous.

Ils quittèrent les locaux de Canal 9 pour aller s'installer dans un bistro dont une bonne partie des clients semblaient être des collaborateurs de la chaîne, à en juger par leurs discussions.

– Parle doucement, recommanda Gilbert.

– Je ne sens pas ce type, répéta Nicole, tout bas cette fois.

– Alors laisse tomber, ne signe pas le contrat. Il ne va pas te traîner de force sur son plateau. Il en a dix comme nous tous les jours qui sont prêts à lui tailler des pipes pour avoir une chance comme ça !

– Ne sois pas grossier, s'il te plaît, tu sais que j'ai horreur de ça !

Il lui caressa le visage.

– Mais oui, ma petite Suissesse chérie, je voulais juste dire que beaucoup de gens, hommes et femmes, seraient disposés à faire bénéficier Hervé Malcombe de toutes sortes de privautés pour avoir le privilège d'apparaître trente secondes sur le plateau d'*Enquêtes interdites*. Mais toi, tu ne le sens pas...

Elle écarta sa main d'un geste brusque.

– Ça va, ne me prends pas pour une débile. Simplement, je serai complètement grillée avec Cohen. Et ça me gêne tout de même vis-à-vis de Lubin.

– Ce type te jette en t'expliquant que ton papier, qui t'a pris un mois et demi de boulot, est nul, mais tu es tout de même gênée ! Si tu veux t'imposer dans cette profession, il faut avoir davantage de punch, davantage d'agressivité. Moi, vis-à-vis d'un type qui me refuserait un papier de façon aussi dégueulasse, je me sentirais l'âme d'un tueur. Et je te signale que je me suis drôlement décarcassé pour obtenir ce rencart avec Malcombe. Je te rassure tout de suite : je n'ai taillé de pipe à personne. Mais j'ai ramé ! Cela dit, OK c'est TON papier, c'est à toi de décider de le ranger dans ton tiroir alors que je t'ai trouvé une occase en or. Fais comme tu le sens.

– Tu cherches quoi, à me culpabiliser ? Je te signale, moi, que tu es toi aussi invité sur le plateau, si j'ai bien compris, alors que c'est moi qui ai écrit le papier. Vrai ou faux ? explosa-t-elle.

– Plus bas, mon cœur, souffla-t-il en jetant des regards inquiets à droite et à gauche. Il faut tout de même que tu apprennes une règle élémentaire. Savoir écrire un papier, c'est bien, mais savoir le vendre, c'est encore mieux. Tu ne t'es jamais demandé pourquoi, dans n'importe quelle boîte, dans la com, dans l'automobile ou dans l'informatique, les gens les mieux payés, à tous les niveaux, c'est toujours les commerciaux, pas ceux qui produisent ?

Nicole ne répliqua pas, mais une expression de Lubin lui revint en mémoire : « Je ne fais pas dans le proxénétisme journalistique. » Gilbert ne semblait pas avoir de scrupules de ce genre, puisqu'il s'imposait à ses côtés comme le coauteur d'une enquête à laquelle il n'avait pas vraiment participé. Elle pouvait refuser et faire le tour des rédactions pour essayer de placer son papier, mais elle savait qu'elle n'en aurait pas le courage et qu'elle avait déjà capitulé.

– Je devrais te remercier ?

– Il me semble.

Elle se pencha pour l'embrasser sur la joue et, en même temps, allongea la main pour la glisser jusqu'à son entrejambe, mais la retira aussitôt.

– Ma petite Suissesse s'enhardit, dirait-on ! Si nous allions fêter cette affaire au lit, avec une bouteille de champagne et une ligne de coke ?

– Quoi ?

– Ne fais pas cette tête : je ne suis pas accro. Ça m'arrive deux ou trois fois dans l'année. Tu devrais essayer.

– Certainement pas. Je suis contre tout ce qui ressemble de près ou de loin à la drogue. Et je dois t'avouer que je suis... très déçue que tu me fasses une proposition de ce genre.

– Et le champagne, tu n'es pas contre ?

– Attendons d'avoir signé le contrat.

– Comme tu voudras.

– Et maintenant, je dois filer. J'ai des quantités de choses à faire.

Elle était soudain devenue très froide, très distante. Il fit diverses tentatives pour l'amadouer, mais ne réussit qu'à l'irriter davantage.

– Mettons les choses au point, dit-elle. Nous sommes associés dans cette affaire. C'est ce que tu voulais, non ? Associés, mais pas mariés. Alors lâche-moi un peu. Mais il y a tout de même une chose que je voudrais savoir : tu l'as connu comment, Malcombe ? En lui dealant de la coke ? En te shootant avec ses copains ?

Il leva le bras au ciel.

– Qu'est-ce que tu vas chercher ! Et cesse de brailler comme si tu voulais faire un meeting. Tu tiens à ce que tout le bistro soit au courant ? Si ça lui vient aux oreilles que tu racontes des conneries de ce genre, tu peux tout de suite faire une croix sur le contrat. C'est ce que tu cherches ?

Non, ce n'était pas ce qu'elle cherchait. Elle se tut, paya sa consommation et se leva.

– À plus. On se fait signe quand on reçoit le contrat. Au fait, tu as donné quelle adresse ?

– La mienne. Quelle importance ?

– C'est bien ce que je pensais.

Elle se leva et quitta le bistro d'un pas décidé. Il s'élança, sortit derrière elle mais renonça à la rattraper.

*

Une grève consécutive à une agression paralysait le métro, de sorte qu'il y avait un monde fou dans les rares rames disponibles. Soriano était coincé par la foule contre la portière du fond. Odeurs de transpiration et de parfums agressifs, crissements aigus des baladeurs poussés à la puissance maximum, bousculades pour s'emparer des places assises. Il songea au métro de Santiago dont pas un mégot ne souillait le sol, où l'on ne rencontrait ni clochard ni mendiant. À la différence de celui de Paris, dont il était la copie conforme, le métro de Santiago ne desservait que les beaux quartiers. C'était un métro de riches, alors que celui-ci était un métro de pauvres. Ce constat, qu'il avait déjà fait à Londres quelques années plus tôt, le laissait perplexe. Avant de débarquer en Europe, il s'était imaginé que tous les continentaux vivaient comme les habitants de Las Condes[6], car sa connaissance des pays étrangers se limitait alors aux images qu'en donnaient les *novelas*[7] fabriquées pour la plupart aux États-Unis et aux relations superficielles avec des *gringos* qui lui semblaient tous bourrés de dollars. Depuis, il avait eu l'occasion de constater que les choses étaient plus compliquées.

Une grande partie des voyageurs descendit à la gare de l'Est, de sorte qu'il disposa d'un peu plus d'espace. Il en profita pour sortir son journal de sa poche et cocher des annonces. Il venait de se présenter dans une demi-douzaine de bistros et restaurants, dont les patrons lui avaient tous fait la même réponse : on vous fera signe quand on aura besoin de vous. C'était plutôt mal parti. Pourtant il avait fait l'effort de se déguiser en larbin : chemise blanche, cravate et pantalon noirs, comme l'exigeaient encore beaucoup d'établissements, et il avait soigneusement attaché sa queue de cheval qui, il le savait, rebutait certains employeurs.

Peut-être ferait-il le sacrifice de la couper si cela s'avérait indispensable, mais personne bien sûr ne lui avait proposé de l'embaucher à cette condition. Et il y avait aussi son accent, dont il lui était impossible de se débarrasser. Quant à ses papiers – ceux que lui avait procurés *El Negro* –, ils étaient en principe en règle. Néanmoins, le propriétaire d'un petit restaurant du Quartier latin avait voulu l'engager au noir et à un tarif ridicule. De quoi vous décourager de travailler

6. Le Neuilly de Santiago du Chili.
7. Séries télévisées.

honnêtement. Soriano ne se posait pas le problème en termes de morale mais de rentabilité et de sécurité : il commençait à comprendre que le crime paie relativement peu, du moins à son niveau, et surtout n'est guère compatible avec la vie tranquille à laquelle il aspirait. Certes des employeurs comme Chiqui ou *El Negro* le payaient mieux que ne le faisaient des patrons de restaurants, mais, derrière leurs airs amicaux, ils ne lui accordaient pas davantage de considération : il n'était à leurs yeux qu'un sous-prolétaire de la pègre et il en avait plus ou moins conscience car, si la culture lui faisait défaut, il n'était pas dépourvu du sens de l'observation. Le dernier travail qu'il avait effectué pour Chiqui, le cambriolage de la villa, lui avait fait l'effet d'un électrochoc : la peur ne l'avait pas lâché, alors qu'il s'agissait d'une opération facile, entièrement mâchée à l'avance. Curieusement, il n'avait pas éprouvé une trouille pareille quand il avait prêté la main à Casado pour trucider le Bolivien. Peut-être parce que l'affaire avait duré moins longtemps, mais surtout parce qu'il avait changé, pris un coup de vieux.

Soriano en était là de ses réflexions quand il descendit à Stalingrad, avec l'intention de proposer ses services à une brasserie ouverte au bord du canal de France qui avait passé une annonce pour recruter un chef de rang. Ses chances étaient faibles d'obtenir le poste, mais qui n'ose rien n'a rien. Il avait parcouru la moitié du couloir qui conduit à la sortie quand il distingua un groupe d'agents de la RATP en uniforme qui barrait le passage. Il fouilla dans ses poches à la recherche de son ticket – où donc l'avait-il mis ? Soriano n'était pas du genre à sauter par-dessus les tourniquets pour économiser trois sous, mais il n'avait pas non plus estimé nécessaire de s'offrir une carte orange.

Il achetait ses billets par carnets, voire un par un, et ensuite il les fourrait dans ses poches. Cette fois, il les retourna l'une après l'autre, sans succès. Irrité par cet incident d'autant plus stupide qu'il avait payé, il jugea prudent de faire demi-tour. Il ignorait quelles étaient les prérogatives précises d'un contrôleur de la RATP, mais tout uniforme représentait pour lui une menace. Il pressa le pas, sans trop savoir s'il allait trouver une autre issue ou être obligé de reprendre le métro. Il allait atteindre le quai quand un type qu'il n'avait pas vu approcher le saisit par le bras. Il tenta de se dégager, d'un coup de coude que l'autre esquiva habilement, puis se mit à gesticuler, mais un second personnage l'empoigna par l'autre bras qu'il lui remonta dans le dos. La douleur le contraignit à s'immobiliser.

Une carte barrée de tricolore lui passa rapidement sous le nez.

– Si tu bouges le petit doigt, on te fait ta fête, compris ?

– Compris chef. Je ne bouge pas.

– Alors mon gars, où allais-tu comme ça ?

– Je me suis trompé de station.

Ils le poussèrent contre un mur où s'étalait une affiche sur laquelle il eut le temps de distinguer une plage et des cocotiers, l'obligèrent à écarter les jambes et à placer ses mains sur sa nuque, le palpèrent des pieds à la tête. Rassurés par cette fouille, ils l'autorisèrent à se retourner.

– Tu as des papiers ? Passeport, carte de séjour...

Ironie du sort, quand il sortit son portefeuille pour leur présenter les documents demandés, le fameux ticket de métro tomba sur le sol. Il le ramassa et le leur tendit victorieusement.

– Vous voyez, j'ai payé ! Je suis en règle !

– On n'en a rien à secouer de ton tickson, mon pote. On te demande ton passeport et ta carte de séjour.

Résigné, il leur tendit ses papiers.

– Daniel Soriano, né à Santiago du Chili. Il travaille où, monsieur Soriano né à Santiago du Chili ?

– Je suis serveur de restaurant, je cherche du travail. Voyez : j'ai mis une chemise et une cravate pour me présenter à un patron.

– Il a mis une chemise, il est mignon comme tout. Tu nous prends pour des cons ou quoi ?

Un troisième flic apparut. Un conciliabule s'engagea.

– C'est un Latino, il raconte qu'il est chômeur. Il essayait de se tirer pour échapper au contrôle.

– Ce petit vicieux m'a flanqué un coup de coude.

– Tu la planques où, ta came ?

– J'ai pas de came, chef.

– Ce que t'en disais, c'était pour gagner du temps. T'en fais pas, on va la trouver. Allez, au cagibi et à poil !

Ils le conduisirent dans un réduit aux parois métalliques où il dut se déshabiller entièrement, inspectèrent minutieusement ses vêtement, ses sous-vêtements, ses chaussures, le contraignirent à se pencher et à tousser. Il connaissait déjà la musique et ne protesta pas. À l'abri des regards des voyageurs, ils pouvaient le soumettre à tous leurs caprices et il le savait. Cette fouille infructueuse parut les exciter davantage. Ils lui flanquèrent quelques claques, puis un type empoigna ses testicules, les serra.

– Tu l'a jetée où ta came, hein ? Tu l'as avalée ?

– Pas de came, chef, répéta-t-il, le visage déformé par la douleur.

– Bon ça va comme ça, on vérifiera tranquillement tout ça à la maison.

L'horrible pression se relâcha, ils l'autorisèrent à se rhabiller puis l'encadrèrent jusqu'à la sortie où attendaient deux breaks et une fourgonnette. Ils le forcèrent à se recroqueviller dans le coffre du break. La position était douloureuse, son crâne heurtait la tôle aux moindres secousses, mais c'était surtout son bas-ventre qui le faisait souffrir. Au commissariat, le ton changea, les policiers devinrent soudain familiers et paternalistes.

– Stalingrad, ce n'est plus le bon coin pour dealer. Faut que tu fasses passer le message à tes potes.

Ils l'enfermèrent dans une cage grillagée où ils l'oublièrent pendant plusieurs heures en compagnie d'un jeune Beur au visage tuméfié et d'une pute fatiguée qui passait son temps à ouvrir et fermer son sac à main dont elle sortait toutes sortes d'objets, du tube de rouge à lèvres aux paquets de Kleenex et de préservatifs. Le Beur tenta d'engager la conversation avec lui, mais il se réfugia dans un mutisme absolu. C'était sa tactique en pareilles circonstances : il se recroquevillait dans sa coquille. Il plia sa veste pour en faire un oreiller et s'allongea sur un banc en bois. Plusieurs heures s'écoulèrent ainsi. La pendule qu'il pouvait apercevoir de sa cage marquait quatorze heures trente quand un jeune policier en civil qui ne faisait pas partie de ceux qui l'avaient arrêté vint le chercher pour le conduire dans un petit bureau où attendaient deux autres flics, inconnus de lui eux aussi. Il avait cru qu'ils allaient le libérer après l'avoir fait un peu mariner, pour la forme. Quand il découvrit, étalé sur une table, le contenu de sa cache au trésor, la coke, les billets, le revolver nickelé, il comprit que la partie allait être difficile.

16

– C'est incroyable de voir comment ils ont caviardé mon papier. Même en Suisse, ils ne m'ont jamais fait un coup pareil !

– Notre papier, mon chou, dit Gilbert. Maintenant, c'est notre papier puisque nous l'avons signé tous les deux. Nous sommes unis pour le meilleur et pour le pire. Favart et Sarlat, ça sonne bien, non ? Nous allons devenir un couple célèbre, comme Boileau-Narcejac, Brodart et Taupin ou Roux-Combalusier.

Il énuméra quelques autres duos du même genre. Malgré sa mauvaise humeur, elle ne put s'empêcher de pouffer.

– Je te préfère quand tu rigoles, ma douce Suissesse. Tiens essaie donc de répéter trois fois : « Ma douce Suissesse suce sec son archiduchesse archisèche. »

– Tu es de plus en plus lourd. Je comprends pourquoi ils veulent t'embaucher sur *Canal interdit*. Moi, je te verrais plutôt animateur sur XXL.

– Nous embaucher tous les deux, ma chère et tendre. Moi aussi, je te verrais très bien sur XXL, avec ton air de ne pas y toucher.

Les deux jeunes gens étaient installés côte à côte sur un canapé, face à l'écran géant qui diffusait les émissions de Canal 9. Deux piles de magazines sentant encore l'encre d'imprimerie avaient été mis à la disposition des employés de la chaîne et des visiteurs. Un titre en gros caractères barrait la Une.

Qui couvre les assassins du ministre bolivien ?

En plus petit, un sous-titre affirmait :

Nos enquêteurs ont remonté la piste abandonnée par la Brigade Criminelle

Sur la photo de l'immeuble où avait vécu Ochoa apparaissaient, en médaillon, le portrait de l'ancien ministre et une silhouette au visage dissimulé sous une cagoule et surmontée d'un point d'interrogation. Des flèches reliaient ces médaillons à des fenêtres censées correspondre à l'appartement d'Ochoa et à celui de son mystérieux voisin.

– C'est n'importe quoi, reprit Nicole. L'appartement d'Ochoa ne donne pas sur la rue.

– Tu sais que tu es chiante, ce sont vraiment des détails sans intérêt. Personne n'en a rien à cirer de l'étage et de la disposition exacte de cet appart !

Il tenta de poser sa main sur le genou de Nicole, mais celle-ci le fusilla du regard.

– Continue et je te flanque une claque en public, même si ça doit nous scier auprès de Malcombe.

– On parle du loup, il arrive, dit Favart, en retirant néanmoins sa main.

Ce n'était pourtant pas Malcombe mais son assistante, qui se dirigeait vers eux, perchée sur ses talons de dix centimètres, son arrogante petite poitrine et son sourire de starlette en batterie. Sa démarche nonchalante laissait deviner qu'elle savait que les regards masculins la suivaient.

– Vous êtes toujours aussi classe, Martine, dit Favart, en lui décochant le meilleur sourire de sa gamme.

Pour l'occasion, il avait consenti un effort vestimentaire : veste noire et chemise noire sans col, les mêmes qu'il portait quand il avait dragué Nicole lors de leur première sortie dans le pub irlandais – il ne devait pas avoir grand-chose d'autre à se mettre sur le dos. De l'eau avait coulé depuis et elle se demandait si elle avait tiré le bon numéro ce jour-là, car elle supportait de moins en moins ce type, ses manières de petit macho vaniteux et ses calembours d'Almanach Vermot.

– Hervé va être un peu en retard, mais vous pouvez monter l'attendre en haut. Vous serez plus tranquilles chez nous. Comment trouvez-vous le canard ?

– Génial. Absolument génial, assura Favart.

Ils se retrouvèrent tous les trois dans un étroit ascenseur. Favart fixa l'assistante qui soutint son regard. Nicole affecta d'ignorer ce manège mais elle bouillonnait. L'assistante leur ouvrit la porte d'un petit salon où les derniers exemplaires de *Canal interdit* s'étalaient déjà sur une table basse.

– Eh oui, personne ne peut y échapper.

Encore un sourire de clip publicitaire et elle les abandonna en tête à tête.

– On ne peut pas dire que tu sois discret quand tu dragues, dit Nicole, dès que la porte se fut refermée, en dépit de sa résolution de traiter l'attitude de Gilbert par le mépris.

– C'est ça, ma petite Suisse adorée, fais-moi une scène de jalousie, j'adore !

– Tu peux draguer qui tu veux, je m'en balance complètement. Je te fais seulement remarquer que ton comportement est ridicule et risque de nuire à nos relations avec Malcombe, surtout si cette nénette est sa petite amie.

– Tout à l'heure, tu te disais prête à tout laisser tomber, maintenant tu me reproches de gaffer. Tu ne sais pas ce que tu veux, mon cœur ! Et, contrairement à ce que tu crois, c'est toujours très utile d'avoir l'assistante du patron dans la poche.

– Dans ta poche, elle n'y est pas encore, mon pauvre ami. Dans ce milieu, avec son petit cul et sa petite gueule, elle ne doit avoir que l'embarras du choix.

– Voilà que tu deviens vulgaire, ma petite Suisse. Moi qui croyais que tu ne supportais pas les gros mots !

L'apparition de Malcombe interrompit la dispute.

– Je vous ai fait attendre, mes enfants, je suis absolument désolé.

Son habituel sourire hilare ne donnait pas du tout l'impression qu'il était si désolé que ça, néanmoins les deux jeunes gens se confondirent en protestations : ce retard n'avait aucune importance, ils n'attendaient d'ailleurs pas depuis très longtemps, et ça leur avait permis de découvrir le dernier numéro.

Clin d'œil de Malcombe.

– Ça vous plaît ? Réussi non ? Et votre papier est drôlement mis en valeur. Le graphiste s'est arraché. C'est autre chose que les maquettes du canard de Cohen. Ça ne sera en kiosque que demain, après l'émission. Justement, l'émission... Gilbert, le noir c'est un peu triste, j'aurais dû penser à te le dire. On te donnera un peu de couleur au maquillage pour rehausser tout ça. Toi, Nicole, tu es absolument superbe.

Il les prit tous les deux par l'épaule.

– Alors, contents ?

Puis, sans attendre leur réponse :

– Moi, quand on m'a publié mon premier papier, je me suis dit : « C'est le plus beau jour de ma vie. » Puis, quand j'ai vu mon nom imprimé sur la jaquette d'un bouquin, j'ai pensé que c'était ce jour-là. Après, ça a été ma première télé... Mais pour vous, c'est un doublon : la télé et la presse écrite en même temps. Une grande première. Je vous invite à boire un coup chez moi après pour fêter ça dignement.

Malcombe parlait tout seul et s'écoutait parler, ils n'avaient pas besoin de lui donner la réplique.

– Je n'ai pas très bien compris, réussit tout de même à placer Nicole, c'est en direct ?

– Un peu mon neveu, que c'est du direct. Le direct, il n'y a que ça de vrai. Mais nous avons un moment devant nous pour préparer ça tranquillement, je vais vous expliquer le canevas et, tout à l'heure, je serai là pour vous aider. Je ne vous laisserai pas sécher. Vous avez un peu réfléchi à ce que vous allez raconter ? Le principe, c'est quand même de ne pas tout dire pour que les gens aient envie d'en savoir plus et d'acheter l'édition papier.

Il les entraîna dans la salle de réunion où les attendaient une demi-douzaine de personnes auxquelles il les présenta chaleureusement.

– Nicole Sarlat et Gilbert Favart sont deux journalistes d'investigation haut de gamme, annonça-t-il. Si tout se passe bien ce soir, ils vont probablement faire partie de notre équipe.

Nicole sentit tous les regards se poser sur elle, elle crut y lire un mélange de curiosité, de sympathie et de jalousie. Elle éprouvait pour sa part des sentiments confus et contradictoires : la peur de ne pas être à la hauteur, le désir intense de disparaître, d'échapper à cette épreuve et, en même temps, la sensation de jouer sa carrière à la roulette russe et l'orgueil d'être présentée de façon aussi élogieuse par un personnage important à une assemblée de gens non moins importants. Quant à Gilbert, il avait rengainé son arrogance pour se faire charmeur et modeste. Il buvait les paroles de Malcombe comme du petit-lait. L'animateur savait y faire. Chaque fois qu'il regardait l'un des individus assis autour de la table, celui-ci avait le sentiment d'être son meilleur ami et le seul capable de le comprendre vraiment. Passées les dix premières minutes, pendant lesquelles elle avait été presque tétanisée, Nicole parvenait à analyser lucidement le phénomène. La principale qualité professionnelle de Malcombe était ce charisme extraordinaire qui parvenait à faire passer ses flatteries et oublier ses outrances.

Dans cette situation, il aurait été totalement incongru de faire la moindre remarque sur la façon dont son enquête avait été modifiée. Elle ne savait même pas si elle devait le regretter. Ce caviardage, qui l'avait ulcérée quand elle l'avait découvert, perdait de son importance. La vraie vie se déroulait ici, autour de cette table, parmi ces gens qui préparaient une émission regardée par un million de personnes. Le contenu de son papier n'était plus qu'un détail insignifiant : ce qui comptait, c'était la caisse de résonance représentée par cette émission. Dès le lendemain matin, elle existerait pour de bon. Les voisins et les commerçants la reconnaîtraient, ses parents l'appelleraient pour commenter sa prestation, peut-être Georges regarderait-il l'émission, et ce serait une bonne revanche personnelle et professionnelle. Un instant, elle songea à Lubin, qui lui avait confié le papier, une pointe de mauvaise conscience la titilla, mais elle la chassa bien vite pour se concentrer sur les paroles de Malcombe. C'était d'ailleurs à elle qu'il s'adressait.

– Nicole, tu parleras d'abord de ce bouquin, que Ochoa était en train de lire et qui raconte l'assassinat d'un exilé, et tu le montreras... Nous nous en sommes procuré un exemplaire.

– Ce n'est pas la même édition, dit quelqu'un. Celle-ci est en français, la sienne était en espagnol.

Malcombe balaya l'objection.

– Aucune importance. En français, c'est mieux, les gens pourront lire le titre.

– Le titre, c'est Galindez, il n'y a rien d'autre.

– Alors, c'est encore mieux ! Donc, tu montres le bouquin, on t'expliquera comment il faut le placer pour qu'il soit bien dans le champ. Et ensuite, il faut parler de cette officine de barbouzes que tu as découverte par hasard : médiatruc...

– Médiasport.

– Oui, Médiasport, alors là, c'est simple : tu racontes comment tu es entrée dans cette officine vide, suspense... Et nous passons une reconstitution avec une femme-silhouette qui pénètre dans un bureau. Tu verras, c'est très réussi, avec l'ombre portée sur le mur, on jurerait que c'est extrait d'un Hitchcock !

– C'est très bon, assura une femme blonde placée à la gauche de Nicole.

Les autres renchérirent. Malcombe laissa passer le concert de louanges, à la manière d'un artiste qui attend que les applaudissements s'apaisent, puis il pointa le doigt sur Gilbert.

– Ensuite, toi, Gilbert, tu interviens. Du technique, du précis. Il faut montrer que notre enquête, ça n'est pas seulement du cinoche, même du bon cinoche, mais du solide, du sérieux : des noms, des dates, des chiffres, des précisions. Le bidochon, dans son fauteuil devant sa téloche, il tremble pour la petite journaliste qui rentre dans la tanière des barbouzes et risque de se faire bouffer toute crue par le loup, et toc on passe aux faits bruts, du subjectif à l'objectif. Tu me suis ?

– Absolument, je te suis tout à fait, Hervé, gloussa Gilbert.

Cette aisance, réelle ou feinte, déconcerta Nicole. Même si elle n'était plus paralysée par le trac comme pendant les premières minutes de la réunion, jamais elle n'aurait osé appeler Malcombe par son prénom et encore moins le tutoyer, bien qu'il le leur ait demandé expressément à plusieurs reprises.

– Nous en arrivons maintenant à une partie délicate, très délicate. Car cette enquête, on vous l'a refusée, parce qu'elle dérange et qu'il y a des pressions venues de haut, mais nous, à Canal 9, nous avons le courage de la passer. Alors je vais vous poser la question ? Qui vous l'a refusée ? Et vous allez répondre que vous n'êtes pas là pour dénigrer des confrères, parce que vous avez des principes et qu'il y a une déontologie, que le plus important c'est que la vérité triomphe. Mais je vais insister, lourdement, et vous finirez par répondre que, parmi ceux qui vous ont jetés, il y a un grand news dont vous ne souhaitez pas donner le nom. Toujours à cause des grands principes. Mais vous allez glisser un ou deux détails, on va les chercher ensemble, qui vont permettre à une partie du public de comprendre de qui il s'agit, pas le grand public, mais pas non plus quelques initiés, disons dix pour cent du public, les moins cons.

Nicole jeta un regard vers Gilbert pour observer sa réaction. Elle n'en décela aucune : son visage continuait à exprimer l'admiration béate. Elle se composa elle-même une attitude neutre, professionnelle. Ils traitèrent encore divers détails, puis Malcombe les invita à passer dans le studio qui venait de se libérer. Dans le couloir, elle l'entendit distinctement glisser à un de ses collaborateurs, un grand type bien cravaté qui affichait des airs de technocrate :

– Cohen, je vais me le payer.

Cette réflexion fit renaître son malaise, mais, lorsqu'elle se trouva assise sur un tabouret, face aux caméras pourtant encore inactives, son cœur se mit à battre si fort que le technicien qui accrochait un micro sur son chemisier se rendit compte de son trouble et lui prodigua quelques paroles apaisantes sur un ton paternel.

– Tout va bien se passer, ne vous en faites pas. Vous n'êtes pas la première, et pas non plus la dernière.

Le sens précis de ces propos lui échappa, mais elle parvint à retrouver son calme et à se concentrer sur les mots qu'elle allait prononcer – à la télévision, chaque mot compte et on ne peut ni se relire ni se corriger. Ensuite, son trac se dissipa tout seul : elle oublia complètement la présence des caméras et répondit aux questions de Malcombe comme elle l'aurait fait en tête à tête dans un bistro. Ce type était décidément très fort pour mettre ses invités à l'aise. On pouvait sans doute lui reprocher beaucoup de choses, mais son professionnalisme était impressionnant. En l'observant, quand elle n'était pas sur la sellette, Nicole songea qu'elle avait beaucoup à apprendre de lui.

Après l'émission, ils se retrouvèrent tous chez Malcombe. Le loft que l'animateur s'était fait aménager dans un ancien atelier d'ébéniste du XIIIe arrondissement était époustouflant.

La salle de séjour occupait à elle seule au moins cent mètres carrés et la cuisine américaine cinquante. Un escalier en spirale conduisait à une mezzanine aménagée en petit salon. Il y avait des canapés et des fauteuils un peu partout et une salle de télévision dotée d'un immense écran plat. La fête rassemblait une cinquantaine de personnes parmi lesquelles Nicole crut reconnaître quelques têtes aperçues sur le petit écran, mais la plupart des invités étaient des inconnus. Passées quelques présentations rapides, plus personne ne lui accorda la moindre attention. Les gens papotaient par petits groupes, ils dissertaient sur des sujets qui lui étaient étrangers, très peu faisaient allusion à l'émission. Malcombe avait fait venir un grand traiteur et n'avait pas lésiné sur le champagne. Pour s'occuper, Nicole se goinfra de petits-fours qu'elle arrosa copieusement – c'était un jour exceptionnel qui justifiait quelques écarts – de sorte qu'au bout d'une heure une douce euphorie commença à l'envahir. Au point qu'elle ne fut même pas choquée en découvrant que plusieurs invités sniffaient. Elle avait déjà vu des gens aspirer ainsi de la coke par les narines à l'aide d'une paille ou d'une pipette, mais seulement au cinéma. Le spectacle lui inspira davantage de curiosité que de répulsion, néanmoins elle refusa d'y goûter.

– C'était bien intentionné, dit le type qui venait de lui en proposer, sans s'offusquer de ce refus.

Il était gros, chauve, habillé en noir des pieds à la tête et chaussé de bottines genre western avec un ceinturon assorti. Il s'éloigna en se dandinant.

Quant à Gilbert, il papillonnait d'un groupe à l'autre et glissait son grain de sel partout sans le moindre complexe. Il revint vers Nicole tout excité.

– C'est une merveilleuse occase pour remplir son carnet d'adresses. Tu t'amuses bien, mon cœur ?

– Pas plus que ça, je ne connais personne. Je crois que je ne vais pas traîner.

– Ça ne se fait pas de partir aussi vite. La fête n'a pas encore décollé. Et tu ne vas pas me laisser tout seul ?

Il l'embrassa dans le cou en laissant sa main traîner sur ses fesses.

– J'ai envie de ton cul, lui souffla-t-il.

– Je t'ai déjà dit que j'ai horreur de me donner en spectacle. Et tu pues l'alcool.

– Allons donc, ici les gens ne se gênent pas.

Quelques couples flirtaient en effet sans grande retenue. Une blonde en short gloussait en se faisant peloter par deux types, dont celui qui avait proposé de la coke à Nicole.

– Elle a l'air complètement pétée, mais elle est bandante.

– Alors va tenter ta chance.

– Mais non, c'est toi que je veux.

Il la prit par la main et l'entraîna sur la mezzanine qui permettait d'accéder à différentes pièces. Ils tombèrent d'abord sur un autre couple, puis trouvèrent une chambre vide. Gilbert referma la porte d'un coup de pied et, sans le moindre préliminaire, poussa Nicole sur un divan et entreprit de la déculotter. Elle protesta et gigota un peu, pour la forme, mais la vision de ce couple en train de faire l'amour l'avait beaucoup troublée. Pendant un très bref instant, elle avait croisé le regard de l'homme, tandis que la femme s'activait sur lui, troussée jusqu'à la taille. Loin de s'offusquer de cette intrusion, l'inconnu lui avait souri. Ce regard et ce sourire l'avaient mise dans un état que son partenaire découvrit très vite. Quand elle sentit ses lèvres sur son sexe, elle se déchaîna à son tour. Elle se plia à toutes ses fantaisies, prit des initiatives inhabituelles et supporta le flot de ses paroles crues avec un mélange d'excitation et de honte. À l'issue de cette joute amoureuse, qui ne dura pas plus de quelques minutes mais lui procura un orgasme d'une rare intensité, elle fut cependant furieuse d'avoir cédé au caprice de Gilbert.

– J'espère que tu en as bien profité, lança-t-elle, parce que c'est la dernière fois que je couche avec toi.

Elle réajusta ses vêtements et échappa à Favart qui voulait la retenir. Sur la mezzanine, elle rencontra le couple qu'ils avaient surpris. L'homme lui adressa à nouveau un petit sourire, qui cette fois l'agaça et qu'elle affecta d'ignorer. Il savait qu'elle venait elle aussi de faire l'amour et cette idée la mettait très mal à l'aise. Elle descendit, traversa très vite la foule des invités et s'éclipsa sans prendre congé.

17

Pierre s'apprêtait à verrouiller sa porte quand la sonnerie du téléphone le fit sursauter. Il fut sur le point de filer sans répondre, car il n'était pas en avance, puis il songea à Barbara et c'est ce qui le décida à retourner dans l'appartement pour décrocher. Très peu de gens avaient son nouveau numéro. Qui d'autre pourrait l'appeler à huit heures du matin ?

– Bonjour, je voudrais parler à Pierre Gazier.

La voix était masculine, jeune et aimable. Cette fois, il imagina le commercial d'une boîte de marketing téléphonique, regretta d'avoir perdu son temps et s'apprêta à le rembarrer.

– C'est moi, mais je suis très pressé. C'est à quel sujet ?

– Jacques Serre, je travaille pour *L'Écho de la Garonne*. Désolé de vous déranger si tôt, monsieur Gazier, je sais que vous devez vous rendre à votre travail, mais c'est assez important. Je voudrais vous rencontrer le plus vite possible.

– Je ne travaille plus du tout dans le journalisme...

– Je le sais aussi, mais... Vous n'avez pas vu l'émission ?

– L'émission ? Quelle émission ?

– Sur Canal 9, samedi soir. Enquêtes interdites.

– Je n'ai pas Canal 9, ni même la télévision. Je viens de m'installer à Toulouse.

– Je le sais aussi et...

– Vous avez l'air de savoir beaucoup de choses. Vous me surveillez ? Vous êtes journaliste ou flic ?

– C'est un concours de circonstances. Je vous expliquerai tout cela en détail si vous acceptez de me rencontrer. Le plus tôt sera le mieux.

– Et vous ne pouvez pas m'expliquer, en deux mots ?

– Pas en deux mots. Je préférerais vous en parler en tête à tête.

– Alors disons entre midi et deux heures. Je travaille au centre de documentation technique du bâtiment. C'est du côté de... Vous connaissez le Balto ? C'est un café qui fait l'angle de la rue Mirbel.

– OK, j'y serai à midi et demi. Je compte sur vous.

Cet appel l'intrigua pendant un bon moment, puis son travail l'absorba. On l'avait chargé de mettre sur pied une nouvelle base de données à l'aide d'un logiciel qu'il maîtrisait encore mal.

Ce travail purement technique et répétitif, qui le contraignait à saisir et scanner des quantités de fiches rédigées dans un langage rébarbatif, l'ennuyait de plus en plus. Il en arrivait à regretter l'époque où il éditait seul son magazine. Le chèque qu'il avait l'assurance de percevoir à la fin du mois constituait désormais le seul attrait de sa nouvelle situation. Il s'était complètement trompé en pensant que cette vie réglée comme une horloge était faite pour lui, mais dans l'immédiat il ne se sentait pas non plus motivé pour tenter une nouvelle aventure, d'autant qu'il pouvait difficilement imaginer de créer une nouvelle société alors que l'autre n'avait pas encore été liquidée, du moins sur le plan juridique. Il était d'ailleurs fort possible que le tribunal de commerce le lui interdise.

Il travaillait seul dans un bureau qui commençait à devenir trop petit pour les dossiers accumulés en moins de trois mois. Sa fonction consistait à informatiser d'innombrables fichiers, à les classer, les répertorier et créer des liens pour qu'ils soient accessibles sur Internet. Cette activité lui donnait le sentiment de remplir le tonneau des Danaïdes. Il avait calculé qu'il lui faudrait entre deux et trois ans, au rythme actuel, pour venir à bout de cette tâche, à moins que la direction ne se décide à embaucher un ou deux assistants comme il l'avait demandé. Mais, dans ce centre, les lenteurs administratives n'avaient rien à envier à celles de la fonction publique : pour obtenir la moindre chose, un accessoire informatique par exemple, il fallait rédiger un rapport en plusieurs exemplaires et le transmettre par la voie hiérarchique.

Aux environs de onze heures, il croisa son chef de service dans un couloir alors qu'il se rendait au distributeur de boissons pour prendre un café. Celui-ci le dévisagea d'une façon bizarre.

– Cette émission nous ennuie un peu, je crois que le patron a l'intention de vous en parler.

Il tenta d'obtenir une explication, mais l'autre se déroba.

– Je préfère que vous en discutiez avec le patron. C'est lui qui prend les décisions, pas moi.

Pierre n'osa pas insister, ni même préciser qu'il ne savait même pas de quelle émission il s'agissait, mais fut cette fois dévoré par la curiosité jusqu'à l'heure du déjeuner. Au point qu'il ne réussit pas à se remettre au travail sérieusement.

Il arriva un peu en avance à son rendez-vous avec le journaliste de l'*Écho de la Garonne*, mais celui était déjà installé. Il l'aperçut au travers de la vitrine et l'identifia au magnétophone qu'il avait posé sur la table, à côté du journal. C'était un homme d'une trentaine d'années, doté d'un crâne proéminent et prématurément dégarni qui portait de petites lunettes retenues par un cordon, une chemise bleue au col ouvert et une parka en toile beige avec de nombreuses poches bourrées d'objets de nature inconnue.

– Jacques Serre ? Je suis Pierre Gazier.

L'autre se leva pour lui tendre la main et l'invita à s'asseoir en face de lui.

– J'aimerais bien savoir exactement de quelle émission vous voulez parler ? attaqua-t-il immédiatement.

– Je vous en ferai parvenir une cassette vidéo. Sur le coup, je ne l'ai pas enregistrée, mais un de mes collègues l'a fait. Vous connaissez *Enquêtes interdites* sur Canal 9 ?

– L'émission de Malcombe ? Ça a dû m'arriver de la regarder deux ou trois fois. En quoi me concerne-t-elle ?

– Personne ne vous en a parlé depuis samedi ?

Pierre songea à Lentier, son chef de service.

– À vrai dire, je ne connais encore personne à Toulouse.

– Bien, alors je vais être direct, monsieur Gazier. C'est une enquête sur l'assassinat de Enrique Ochoa. La journaliste qui a mené l'enquête vous a cité à plusieurs reprises.

– Oui, j'étais le voisin de palier d'Ochoa, et alors ? Comment m'avez vous trouvé ?

– Simple concours de circonstances : j'ai regardé l'émission en compagnie de mon beau-frère qui travaille pour la société Sefal, laquelle est en contact avec la vôtre. Vous avez correspondu avec lui par mails, pour répondre à une demande de docs, voici deux semaines.

– C'est possible. Je ne m'en souviens pas. Je reçois beaucoup de demandes de documentation.

– Il m'a dit : c'est curieux, il y a un type qui porte le même nom, Pierre Gazier, qui travaille au centre de documentation. Je me suis renseigné et j'ai trouvé vos coordonnées. Bien sûr, je n'étais pas certain que vous soyez le même Pierre Gazier, mais maintenant je le suis.

– Vous avez trouvé mes coordonnées, comme ça, pendant le week-end, alors que mon numéro de téléphone est sur liste rouge ?

– Bof, ce n'est pas une performance. C'est mon job. Comme vous le savez sans doute, un localier connaît toujours beaucoup de gens prêts à lui rendre un petit service.

– Je n'ai jamais travaillé dans la PQR[8], coupa Pierre, assez sèchement. Où voulez-vous en venir exactement ?

– Vous n'avez pas envie de savoir ce qu'on a raconté sur vous, dans cette émission ?

– Bien entendu !

– Pour résumer, on vous soupçonne d'être une barbouze.

– Vous rigolez !

– Pas du tout. Selon la fille qui a fait l'enquête, vous auriez été le gérant d'une entreprise qui était en réalité une couverture et n'aurait pas d'existence réelle. (Il prit son carnet.) J'ai noté son nom : Médiasport, c'est bien ça ?

8. Presse quotidienne régionale.

– C'est exact, mais c'est grotesque ! explosa Pierre. Vous croyez que je vais continuer à écouter vos conneries ?

Il avait parlé très fort, crié presque, plusieurs clients du restaurant se retournèrent.

Serre prit une voix doucereuse.

– Monsieur Gazier, moi je ne fais que vous répéter ce qui a été dit au cours de cette émission. Il ne faut pas vous en prendre à moi.

Le serveur vint prendre les commandes. Pierre choisit le plat du jour qu'il lui proposait, sans même avoir compris de quoi il s'agissait. Il tentait de rassembler ses idées.

– Il faut que je voie cette émission. Je ne peux rien vous dire sans l'avoir vue.

– Je m'engage à vous la faire parvenir, mais vous pouvez tout de même répondre à quelques questions.

– Je n'ai rien à dire sur le sujet. J'ai été interrogé par la police. Je veux qu'on me foute la paix.C'est clair ?

– Parfaitement clair, mais, vous qui êtes journaliste, ou qui du moins l'avez été, vous devez comprendre qu'en refusant de répondre, vous prenez le risque d'aggraver les soupçons...

– Les soupçons ? Mais vous m'emmerdez avec vos soupçons ! Je ne vous ai rien demandé, moi. Ça suffit, cassez-vous !

– Comme vous voudrez, monsieur Gazier, mais je pense que vous avez tort.

Serre rangea son carnet, sortit un billet de son portefeuille qu'il plaça sur la table, bien en évidence, et quitta le restaurant. Au travers de la vitrine, Pierre le vit rejoindre un break Volvo garé de l'autre côté de la rue. Il remarqua alors qu'un autre passager était déjà installé dans le véhicule, à l'arrière, et eut le temps de distinguer le long cylindre noir d'un téléobjectif. Les salauds ! Voilà pourquoi Serre était arrivé avant lui et s'était installé devant la vitre ! Il se précipita en direction de la Volvo, mais il était trop tard, le conducteur avait déjà démarré. Il regagna sa place, furieux de s'être ainsi laissé duper par ce type.

– Ça ne va pas ? demanda le serveur.

– Tout baigne.

Il mangea sans y prendre le moindre plaisir, alors que le repas de midi était toujours, depuis son arrivée à Toulouse, un moment de détente privilégié. À Paris, il n'avait jamais pris le temps de déjeuner tranquillement, il s'était contenté de sandwichs ou de pizzas livrées dans son bureau, ou bien il lui avait fallu s'appuyer de longs déjeuners de presse auxquels il se croyait obligé de participer pour rappeler son existence dans le milieu professionnel.

Dès qu'il fut de retour dans son bureau, il chercha les coordonnées de Canal 9 sur le Minitel et appela les bureaux de la chaîne câblée pour commander la cassette de l'émission – les chances lui semblaient faibles que Serre tienne sa promesse après s'être fait jeter ainsi. Il avala ensuite deux cachets de tranquillisants – il en conservait toujours un tube dans son tiroir mais n'y avait pas touché depuis un bon mois. Pendant le reste de l'après-midi, il ne parvint pas à se concentrer sur son travail. Il attendit la convocation évoquée par Lentier, mais ni le chef de service ni le directeur du centre ne lui donnèrent signe de vie. Il n'y eut pas non plus d'appel de Barbara. Il quitta le bureau un peu plus tôt que d'habitude et rentra directement chez lui.

Il consulta aussitôt son répondeur, sur lequel il ne trouva aucun message. Il alla jeter un œil par la fenêtre et observa la terrasse où il avait aperçu Barbara pour la première fois et qui servait de quartier général à l'attachée de presse, mais elle était déserte car le temps s'était mis à la pluie. Après avoir beaucoup hésité, il tenta de l'appeler, tomba sur son répondeur et renonça à laisser un message. Cette succession de contrariétés le déprima. Il se sentait abattu, n'avait plus goût à rien, il avait le sentiment d'être revenu plusieurs mois en arrière et d'avoir à nouveau dépensé une énergie considérable sans résultat. Il y a des gens sur qui la guigne s'acharne ainsi, il devait en faire partie. Sur ces tristes considérations, il prit deux autres cachets et alla directement se coucher sans manger.

*

Jorge Casado reçut l'appel sur son téléphone portable, alors qu'il déjeunait dans un petit restaurant chinois du quartier des Halles, en compagnie d'une fille qu'il avait draguée la veille au *Tampico*, une boîte latino où il traînait assez souvent. Une petite blonde potelée comme il les aimait, très attirée par les hommes secs et musclés à la peau mate, au regard sombre et aux traits taillés à coups de serpe comme les siens. Ils avaient passé la nuit ensemble, à l'hôtel car il ne ramenait jamais de femme chez lui. Il rigolait avec elle en lui faisant du pied sous la table quand le tiit-tiit s'était déclenché. Il s'était éloigné de quelques mètres pour prendre la communication car il n'avait pas l'habitude de parler affaires devant les femmes.

– Tu es dans quelle branche ? lui avait-elle demandé à son retour.

– Le business.

– Quel genre ?

– Commercial, import-export.

Casado n'avait pas vraiment l'allure d'un homme d'affaires, malgré son coûteux costume et ses chaussures à trois cents euros, mais il pouvait faire illusion, auprès d'une jeune fille qui ne fréquentait pas non plus le milieu du business. Cette réponse ambiguë ne l'inquiéta donc pas.

– Moi, je gratte dans une boîte de marketing téléphonique. Tu ne peux pas savoir ce que c'est chiant. Mais c'est provisoire, j'espère trouver autre chose. Les gens t'envoient balader et tu dois quand même être aimable jusqu'au bout. Il y a un mouchard branché sur la ligne et le manager nous espionne...

Elle continua à lui parler de son job, mais il ne l'écoutait pas. Il songeait à l'appel qu'il venait de recevoir. Rendez-vous au Sofitel de la Porte de Versailles, chambre 412. Il avait identifié la voix. C'était celle de l'homme qui lui avait laissé une enveloppe contenant ses instructions et une liasse de dollars à l'hôtel Hilton cinq mois plus tôt. Le commanditaire de l'exécution d'Ochoa. Cette nouvelle commande tombait bien car ses fonds commençaient à baisser.

Il laissa parler la fille un moment, puis annonça :

– Je risque d'être très pris ces jours-ci. Mais ne t'inquiète pas, je t'appellerai.

– Tu me montes une galère, ou quoi ? Annonce plutôt franchement la couleur : quand tu as baisé une fille, elle ne t'intéresse plus. J'ai bien vu que tu pensais à autre chose. Ou bien tu es marié. C'est ta femme qui vient de t'appeler ?

– Mais non, c'est le boulot.

Quand il était sur une opération importante, il n'aimait pas avoir une femme dans les pattes. Celle-là lui plaisait, elle avait été épatante au lit, mais un travail sérieux exige beaucoup de concentration. Néanmoins il ne voulait pas lui faire de peine : il était toujours très tendre avec ses conquêtes. Ce contraste entre son visage dur et ses manières caressantes leur faisait beaucoup d'effet et n'était pas le fruit d'un calcul. Il prit donc le temps de la cajoler et de lui faire des promesses : quand ses affaires lui en laisseraient le temps, il l'emmènerait visiter l'Amérique latine. Elle pouvait prendre trois semaines de vacances à la fin de l'année, ça tombait bien. Quand il la quitta, elle était donc rassurée.

18

– Monsieur Gazier, je suis perplexe...

Lentier déplia *L'Écho de la Garonne* et pointa le doigt sur un article. Le chef de service était un petit homme rond, d'apparence affable, qui se donnait parfois des airs importants, surtout quand il abordait des sujets désagréables.

– Je suppose que vous l'avez lu.

– En effet.

L'article occupait deux colonnes des pages intérieures. Il avait pour titre : « Nous avons retrouvé le mystérieux voisin du diplomate assassiné. » Jacques Serre avait fait lui aussi dans le sensationnalisme et, sans apporter la moindre information supplémentaire, n'avait lésiné ni sur les sous-entendus ni sur les épithètes. Les mots « mystérieux, ambigu, discret, secret, obscur, inquiétant » revenaient toutes les trois lignes. Une photo un peu floue donnait l'impression que le photographe avait pris des risques en braquant son objectif sur un personnage aussi dangereux.

– Nous n'avons pas à intervenir dans l'action de la justice, dit Lentier sur un ton mielleux. Le problème, c'est que vous êtes en contact permanent avec nos clients...

– Par mail, précisa Pierre.

– Par mail, certes, mais *L'Écho* publie votre nom.

– Ce sont des pratiques... Un tissu de conneries !

Pierre avait du mal à formuler ses phrases. Pour réussir à trouver le sommeil, il s'était bourré de tranquillisants. Il avait aussi bu trois verres de vodka. Le mélange lui laissait une voix pâteuse qui semblait appartenir à quelqu'un d'autre. Une boule cotonneuse se baladait dans sa gorge. Il ne s'était pas rasé et avait conscience que son apparence ne plaidait pas pour lui.

– Vous avez l'intention de les attaquer en diffamation ?

– Je ne sais pas. Un procès coûte cher. Je vais demander un droit de réponse. Et consulter un avocat.

– Je vous le conseille et je vous comprend parfaitement, assura Lentier. Mais vous devez aussi nous comprendre. Dans l'immédiat, nous ne pouvons pas vous laisser en contact avec nos clients, même par mail. Il y a des informations techniques confidentielles. Je veux bien croire que vous n'avez rien à voir avec cette histoire, mais si un client vous considère comme une sorte d'espion, que va-t-il penser ?

Lentier se lança dans des justifications emberlificotées que Pierre écouta avec un petit sourire ironique aux lèvres.

– Ne vous fatiguez pas, monsieur Lentier. Je suis viré ?

– N'employons pas de grands mots. De toute manière, vous êtes en période d'essai. Nous allons vous demander officiellement de rester quelques jours chez vous et ensuite nous verrons s'il est possible de vous trouver une activité qui ne vous mettra plus en contact avec la clientèle. Du moins jusqu'à ce que cette histoire soit éclaircie.

– C'est ce qu'on appelle une mise à pied. En principe, il y a tout de même la présomption d'innocence. Si je comprends bien, je n'en bénéficie pas.

Lentier prit cette fois un air excédé.

– Écoutez, Gazier, vous n'êtes pas devant un tribunal. Nous sommes une entreprise qui emploie quarante-six personnes et nous devons nous protéger. C'est tout. Je n'ai aucun point de vue personnel sur la question. Personnellement je suis très satisfait de votre travail. Je dois même vous dire que j'ai plaidé votre cause auprès du patron qui voulait tout simplement mettre fin à votre période d'essai comme le code du travail lui en donne le droit.

– Alors je suppose que je dois vous remercier.

– Je n'attends pas de remerciements, juste un peu de compréhension. Ma situation n'est pas facile.

– Vous allez me faire pleurer !

C'est seulement après avoir claqué la porte que Pierre réalisa qu'il y avait été un peu fort.

Après tout, peut-être que Lentier n'y était pour rien. Il rentra directement chez lui et entreprit de rédiger une lettre à *L'Écho de la Garonne*, avec l'intention d'en envoyer le double à son patron. La première version de ce courrier était très agressive. Il s'efforça de mettre davantage de distance et d'humour dans la seconde, mais le résultat ne le satisfit pas davantage. Il recommença ainsi plusieurs fois, puis songea qu'il serait peut-être plus judicieux de consulter un avocat afin que des formules maladroites ne puissent pas se retourner contre lui en cas de procès. Mais il ne connaissait aucun avocat à Toulouse et la perspective de consacrer cent ou deux cents euros à une consultation ne l'emballait guère. Cette démarche n'avait de sens que s'il engageait une procédure beaucoup plus coûteuse et surtout longue et hasardeuse. Le mal serait fait depuis longtemps quand il obtiendrait la condamnation de Serre et, à ce moment-là, tout le monde aurait oublié cette histoire.

Tout d'un coup, il se sentit très seul et réalisa qu'il n'avait personne à qui exposer ses problèmes. Il avait perdu ses parents depuis plusieurs années et Josyane se trouvait en principe à Mexico – elle ne lui avait pas donné signe de vie depuis leur rupture. L'appeler aussi loin pour lui raconter ses malheurs aurait été grotesque. Quant à ses amis, la gestion de son magazine l'avait accaparé au point de les négliger depuis plus d'un an. Il ne les avait même pas informés de son départ pour Toulouse. Ses pensées se concentrèrent sur Barbara, bien qu'il eût conscience que des pleurnicheries risquaient de le dévaloriser. Il n'avait pas envie de passer à ses yeux pour « un type à problèmes », pourtant il ne résista pas au désir de composer son numéro de portable.

– C'est Pierre. Je ne te dérange pas ?

– Je suis en réunion... Je te rappellerai.

La voix était neutre. Peut-être même froide. Il s'efforça de se rassurer en songeant que Barbara était probablement en compagnie d'un client devant qui elle n'allait pas se livrer à des démonstrations d'affection. Mais il ne parvint pas à chasser l'idée qu'elle avait peut-être elle aussi lu *L'Écho de la Garonne* et découvert qu'elle couchait avec le complice d'un crime, sinon avec un assassin. En attendant son appel, il alluma la télé et zappa d'une chaîne à l'autre, sans conviction. Trois quarts d'heure s'écoulèrent ainsi sans que la sonnerie du téléphone ne vienne l'arracher à ces images qui défilaient devant ses yeux sans susciter en lui le moindre intérêt – il aurait été bien en peine de préciser quelles émissions il avait suivies. Il alla fouiller dans le frigo et dans le buffet de la cuisine, dans l'espoir de découvrir un fond d'alcool, mais il avait terminé la dernière bouteille la veille. Incapable de tenir en place, il descendit s'installer à la terrasse du bistro où il avait rencontré Barbara et commanda un whisky.

19

– Assieds-toi, mon gros.

Chiqui prit place dans un fauteuil de cuir en face du commissaire Fertillet. Les deux hommes se rencontraient une fois par mois dans le salon d'un hôtel de la rue de Buci, à l'heure du petit déjeuner. L'endroit était discret et fréquenté exclusivement par des touristes pour la plupart étrangers. Maupuis livrait à Fertillet des informations d'intérêt et d'importance variables. Il était passé maître dans l'art de sélectionner les individus dont il dénonçait les méfaits. Le plus souvent il choisissait des seconds couteaux, des malfrats minables, des étrangers en situation irrégulière, des délinquants isolés ; jamais il ne prenait le risque de livrer des personnages puissants susceptibles de se venger ou des complices indispensables à ses trafics. De temps à autre pourtant, pour préserver sa crédibilité, il lui fallait fournir clés en main quelques coups plus juteux. Fertillet n'ignorait ni les motivations ni les roueries de son indicateur, mais il s'en accommodait, sachant qu'une pression trop forte aboutirait tôt ou tard à la perte de cette précieuse source d'information. Le commissaire était un flic de la vieille école, pragmatique, pour qui l'efficacité primait sur la morale. Il approchait de la soixantaine et de la retraite. Ses tempes grisonnantes, son air affable, son embonpoint et ses costumes de qualité un peu avachis lui donnaient l'apparence d'un paisible bourgeois.

Cette fois une lueur d'inquiétude brillait dans le regard rusé de Chiqui, car Fertillet l'avait convoqué entre deux rendez-vous, ce qui n'était pas habituel.

– Comment vont les affaires ? attaqua benoîtement Fertillet.

– Difficile.

Comme la plupart des commerçants, Maupuis se plaignait presque toujours.

Fertillet bourra sa pipe et la planta entres ses lèvres sans l'allumer, puis la posa précautionneusement sur la table. Ces gestes agacèrent Chiqui qui avait hâte d'apprendre les raisons de cette convocation impromptue, mais n'osait brusquer le policier.

– Tu ne crois pas si bien dire. Nous avons un problème.

Chiqui retint son souffle. Ses yeux se rétrécirent. Les motifs de problèmes étaient si nombreux qu'il était inutile d'essayer de deviner lequel était à l'origine de cette rencontre.

– En fait, poursuivit Fertillet, à cette heure-ci tu devrais être au ballon.

– Qu'est-ce que j'ai fait ?

Fertillet recommença à jouer avec sa pipe mais renonça encore une fois à l'allumer.

– Figure-toi que les Antiquaires[9] se sont mis dans la tête que tu as organisé un casse. Ils pensent même avoir des preuves suffisantes pour t'envoyer en cabane. À l'heure qu'il est, comme je viens de te le dire, au lieu de prendre tranquillement le café avec moi, tu devrais

9. Service de la Brigade de répression du banditisme spécialisé dans la répression des trafics d'objets d'art.

être dans les locaux de la BRB avec deux collègues sur le dos pour te faire cracher le morceau. Je t'assure que j'ai eu beaucoup de mal à les dissuader d'aller te tirer du lit hier matin. Il a fallu les convaincre que tu allais certainement me balancer une affaire plus bandante qu'un petit casse de banlieue. Enfin, un petit casse, c'est une façon de parler. D'après les Antiquaires, il y avait tout de même des trucs qui valent la peau des fesses.

Chiqui déglutit péniblement.

– Ça s'est passé quand, ce casse ?

– Dans la nuit du 8 décembre.

Maupuis sortit un petit calepin et se mit à le feuilleter, puis il pointa le doigt sur une page avec un sourire triomphant.

– La nuit du 8 décembre, je l'ai passée avec des amis. Un anniversaire de mariage. Cinq personnes peuvent témoigner.

Fertillet lui adressa une petite moue ironique.

– Bien sûr, tu as un alibi en béton. Mais les Antiquaires pensent que tu as organisé le coup. D'après eux, voilà comment ça s'est passé : tu as fauché les clefs à une vieille dame qui t'a demandé d'expertiser des meubles à la suite d'une histoire d'héritage, tu as fait des doubles ou bien tu as gardé les clefs, enfin peu importe, et tu les as données à un copain qui a déménagé un certain nombre de choses pendant que tu faisais la fête avec tes amis. Mais la chance n'était pas de ton côté. La brave mamy que tu as arnaquée a un petit-fils qui avait pris des photos numériques de tous les objets de la baraque. Il a déposé une plainte en bonne et due forme avec tout un dossier. Et le bonhomme à qui tu as fourgué ton butin s'est fait coincer. Tu sais comment ça se passe avec les Antiquaires, quand ils ont un broc dans le collimateur, ils épluchent les livres de police, ils examinent la marchandise. Ils y passent le temps qu'il faut et ce sont des types qui s'y connaissent. Ce crétin n'avait même pas songé à planquer tout ça, tu te rends compte ! Le professionnalisme se perd.

– Il n'y a pas de preuves contre moi, seulement les racontars du broc, si j'ai bien compris, hasarda Chiqui.

– Ajoute la déposition de la mamy, mais s'il n'y avait que ça tu pourrais peut-être encore t'en tirer puisque tu n'as pas de casier officiel. Hélas tu cumules tous les malheurs : le gars que tu as envoyé sur place s'est fait serrer lui aussi, et figure-toi qu'on a trouvé chez lui un revolver qu'il a fauché dans cette baraque !

Les traits de Maupuis s'affaissèrent.

– Il m'a balancé ?

– Pas pour le moment. J'ai bloqué la procédure et ton copain n'est pas encore passé entre les mains des Antiquaires. Mais c'est une affaire d'un jour ou deux, pas plus. Tu dois comprendre que, si nous voulons que les choses en restent là, il faut que je propose une affaire valable en échange. Je t'accorde qu'un tableau, une arme de collection et quelques bricoles, ce n'est pas le coup du siècle, mais tout de même. Faute de mieux, la BRB s'en contentera. Tu n'aurais pas par hasard dans tes cartons un Picasso ou un Modigliani ?

– Vous savez bien que je ne joue pas dans cette division-là, monsieur le commissaire, pleurnicha Maupuis avec une expression de chien battu.

Fertillet se décida enfin à allumer sa pipe. Il en tira une bouffée puis pointa le tuyau sur Chiqui.

– Alors, je ne sais pas, trouve-moi une belle affaire dans une autre catégorie. Un beau braquage, une belle arnaque, un stock de coke, je ne sais pas moi...

– Je ne fréquente ni les braqueurs ni les gens qui fourguent de la dope, se lamenta Maupuis, toujours sur le même ton geignard.

– Il faut que tu me trouves quelque chose, sinon nous sommes dans la merde, mon gros. Si tu vas au trou, je perds un collaborateur. À la limite, j'ai intérêt à te faire plonger moi-même. Tes casseroles datent un peu, mais les histoires de pédophiles sont très à la mode en ce moment. Il suffirait de rafraîchir un peu tout ça pour passer au vingt heures.

– Vous savez bien que je ne suis pas pédophile ! J'aime les jeunes, pas les gosses. Et vous m'aviez promis que c'était oublié, gémit Maupuis. Vous n'allez tout de même pas me faire ça après tout ce que j'ai fait pour vous aider. J'ai risqué ma peau, moi ! J'ai balancé des types qui pourraient me tuer.

Son indignation était sincère. Pareille ingratitude le révoltait.

Fertillet contempla le fourneau de sa pipe.

– Je ne souhaite pas en arriver là, mais il faut que tu y mettes du tien.

Maupuis prit son inspiration.

– J'ai peut-être une grosse affaire, mais je joue gros, je risque ma peau.

– Tu me l'as déjà dit.

– Il me faut la garantie...

– Les garanties, les garanties, bougonna Fertillet, c'est comme la Bourse et l'assurance-vie, il n'y a jamais de garantie absolue, mais tu sais que je ferai mon possible pour te couvrir. Je te rappelle d'ailleurs que, sans mon intervention, tu serais déjà au trou.

– Il vaut peut-être mieux aller au trou que se faire charcuter par ces types-là.

– Dans ce cas, c'est à toi de choisir, mon gros, je ne peux pas prendre la décision à ta place.

Maupuis jeta un regard angoissé en direction des autres tables qui étaient vides, à l'exception d'un box occupé par un couple d'Italiens très élégants, puis il se pencha vers Fertillet et baissa la voix.

– Soriano, le gars qui s'est fait prendre avec ce flingue de collection, c'est un connard, je lui avais dit de ne toucher à rien. Ce type est un petit pédé latino qui tapine rue Sainte-Anne. Il avait besoin de thunes et j'ai voulu lui rendre service, voilà le résultat !

– Et alors ?

– Et alors, il est trop con pour que j'aille en zonzon à sa place, lâcha Maupuis qui éprouvait généralement le besoin de se justifier avant de dénoncer une de ses relations. Je crois qu'il est mouillé dans un truc qui craint salement.

– Précise, commanda Fertillet sans dissimuler son intérêt.

– Vous vous souvenez du diplomate bolivien qui s'est fait dessouder dans son appart de la place de la République ?

– Ochoa ? Ce n'était pas un diplomate, mais continue, tu commences à devenir passionnant.

– Tous les journaux ont dit qu'il y avait un contrat sur Ochoa.

– Ça avait en effet tout l'air d'un contrat. Soriano est un tueur ?

– Non, c'est un minable, mais je crois qu'il est dans le coup. Peut-être qu'il a seulement fait des repérages ou des trucs comme ça. À ce moment-là il travaillait avec un autre Chilien. On les voyait ensemble de temps en temps.

– Un autre pédé ?

– Je ne crois pas. Il a l'air d'un type dangereux.

Fertillet eut un mouvement d'impatience.

– Il a l'air ! Si c'est tout ce que tu trouves à me dire, tu vas aller t'expliquer avec les Antiquaires. Tu as des éléments précis ? Soriano t'a raconté qu'il a participé au coup ?

– Non, il ne me l'a pas dit, mais c'est un type qui n'a jamais un rond et, comme par hasard, les jours qui ont suivi le contrat il s'est mis à s'acheter des sapes ultra-chères et à frimer. Il a tout claqué et ensuite il est revenu me voir pour que je lui trouve du taf.

– Et tu l'as expédié dans cette villa... Tu choisis mal tes collaborateurs, Chiqui ! morigéna Fertillet en secouant la tête.

– Si vous croyez que c'est facile de trouver des types sérieux !

– Bon, et ce Chilien, l'autre ?

– Il a disparu de la circulation après le coup.

Fertillet vida le contenu du fourneau de sa pipe en la frappant sur le cendrier.

– Tu vas me dire tout ce que tu sais sur ce type. Si c'est du sérieux, je demanderai aux Antiquaires de fermer les yeux sur ton histoire de clés. La mamy et son petit-fils ont retrouvé leurs affaires, je ne crois pas qu'ils vont s'emmerder à se lancer dans des poursuites contre toi, sinon...

– Sinon ?

– Sinon la justice suivra son cours. Il fallait y penser avant. Je ne suis pas Dieu tout-puissant.

– Je compte quand même sur vous, monsieur le commissaire.

Pour toute réponse, Fertillet sortit un cahier d'écolier et un stylo à plume qu'il décapuchonna.

– Je veux tout ce que tu sais sur ce gus. Et sois précis !

20

Soriano ignorait combien de temps au juste il avait passé dans sa cellule du commissariat. On lui avait pris la montre de collection volée à l'Anglais. Il n'avait pas eu l'occasion de se regarder dans une glace, mais il savait qu'il avait une gueule à faire peur. Quand il passait les mains sur son visage, il sentait la barbe qui mangeait ses joues. Il devinait que ses yeux étaient cernés et sa crinière noire dont il était si fier terne et graisseuse. La belle chemise blanche qu'il avait mise pour faire bonne impression aux patrons de brasserie était froissée, tachée et trempée de sueur. Son pantalon noir avait perdu son pli et ses bottines privées de leurs lacets bâillaient de façon obscène. On ne lui avait donné à manger que trois sandwichs au jambon rance arrosés de cannettes de bière. Il en avait vu d'autres et ces conditions de détention n'auraient pas entamé son moral si les flics n'avaient pas découvert la coke, le fric et le petit revolver nickelé. Allongé sur la banquette de bois, avec sa veste roulée en guise d'oreiller, il avait enfin réussi à trouver le sommeil quand le grincement de la porte l'arracha à un rêve qu'il oublia aussitôt.

– Ramasse tes affaires. On y va.

Deux civils le contemplaient avec les airs désabusés de ceux qui côtoient chaque jour la violence, la misère et le crime. Des nouveaux. Il n'avait pas encore eu affaire à eux. Il se frotta les yeux, se leva péniblement et enfila sa veste.

– Tends tes mains.

Les bracelets se refermèrent sur ses poignets. Les deux flics l'encadrèrent et l'entraînèrent vers la sortie. Quand ils passèrent devant le planton, celui-ci lança une plaisanterie que Soriano ne comprit pas car il n'avait pas les idées encore très claires. Les flics le firent monter dans un break où attendaient deux autres civils. À côté du conducteur, il remarqua deux sacs en plastique transparent. L'un contenait les objets qu'il portait sur lui au moment de son arrestation : son portefeuille, sa montre, ses clefs, sa ceinture, ses lacets ; l'autre ceux qui avaient été trouvés dans son studio : le revolver, la coke, le fric. Il prit place à l'arrière sans poser de question, sachant que c'était totalement inutile.

– Tu ne sens pas bon, mon pote, lui dit un des deux flics installés à côté de lui, sans animosité particulière.

– Si on te laissait deux jours sans te laver, tu ne sentirais pas bon non plus, rétorqua-t-il.

– Mais moi, je ne fais pas dans la drogue et les contrats.

Cette réplique inquiéta Soriano, mais il n'insista pas.

Quand il identifia le Quai des Orfèvres, son inquiétude se mua en angoisse. Le break entra directement dans le bâtiment et se rangea entre deux autres véhicules banalisés. Encadré par les flics qui étaient venus le chercher au commissariat, Soriano traversa un vaste parking, puis le trio franchit un sas surveillé par un policier en uniforme et emprunta un ascenseur qui s'immobilisa au sixième étage. Soriano put alors lire sur une porte vitrée : « Brigade Criminelle », ce qui ne le rassura pas. On l'enferma dans une minuscule cellule où il attendit pendant une heure qu'un autre flic le conduise dans une pièce où il lui retira enfin ses menottes. Il l'invita ensuite à s'asseoir sur une chaise en plastique devant un bureau vide et l'abandonna. Sa première réaction fut, comme tout détenu dans cette situation, de frotter ses poignets meurtris, puis il observa les lieux. Deux hommes en bras de chemise et une jeune femme en T-shirt se concentraient sur des tâches diverses et ne semblaient pas s'intéresser à lui. L'un pianotait sur le clavier d'un ordinateur, les deux autres classaient des paperasses. Tous trois paraissaient la trentaine et avaient plutôt l'allure d'employés de banque. Le désordre qui régnait dans la pièce surprit Soriano dont l'attention se porta sur deux posters. L'un représentait Marilyn Monroe, qu'il reconnut sans difficulté, l'autre un personnage cravaté et coiffé d'un chapeau mou, Humphrey Bogart, qu'il ne parvint pas à identifier. Quelques minutes s'écoulèrent encore puis un quatrième civil vint s'installer derrière le bureau. Celui-là avait quelques années de plus que ses collègues. Soriano remarqua ses traits presque délicats, ses petites lunettes et ses mains longues et fines. Le flic le fixa pendant quelques secondes, sans hostilité ni mépris apparent, à la façon dont on examine un objet ou un insecte inconnu, puis hocha la tête.

– Soriano, tu es ici au siège de la Brigade Criminelle. Je suis le lieutenant Brémont. Nous ne sommes pas là pour rigoler, ni pour parler de petites bricoles. On s'en fout que tu tapines, que tu te fasses enculer, et même que tu deales de la dope. Tu as été donné : un de tes potes t'accuse d'avoir assassiné Enrique Ochoa le 22 septembre dernier. Alors, où tu commences par nous faire perdre notre temps avec des histoires à dormir debout, et ça va être très fatigant et très désagréable pour toi comme pour moi, ou bien nous passons tout de suite aux aveux circonstanciés et précis, on t'envoie chez le juge et tu pourras dormir et manger tranquillement dans une cellule bien confortable de Fleury. Et moi, je pourrai m'occuper d'un autre dossier. (Il pointa le doigt sur une armoire.) Nous en avons plein qui attendent. De toute manière nous arriverons au même résultat. À toi de choisir.

– Je ne comprends pas, murmura Soriano, qui cherchait à deviner qui avait pu le trahir.

– Tu ne comprends pas le français ? Il faut qu'on te pose les questions en espagnol ? s'inquiéta Brémont.

Cela faisait partie des tactiques possibles pour gagner du temps, mais Soriano savait qu'elle ne le mènerait pas bien loin.

– Si, je comprends le français. Mais je ne comprends pas de quoi vous m'accusez.

– Tu veux davantage de détails. Très bien, tu vas les avoir. Je joue cartes sur table avec toi. J'espère que ça te convaincra de ne pas nous faire perdre notre temps. C'est simple comme bonjour. Tu vas m'interrompre si tu n'es pas d'accord. Je résume. Voici quinze jours, dans la nuit du 8 décembre, tu as cambriolé une villa... (Brémont s'interrompit pour sortir un document d'un dossier et lire l'adresse de la villa de Presles.) Nous en avons la preuve formelle : le revolver que nous avons retrouvé chez toi a un frère jumeau qui est toujours dans une vitrine de cette villa. C'est une pièce de collection dont le vol a été déclaré par le propriétaire. Simple curiosité, pourquoi n'as-tu pas fauché les deux ? Ces trucs-là se vendent par paire et perdent beaucoup de leur valeur si on les fourgue seuls. C'est du moins ce qu'on m'a expliqué. Tu ne le savais pas ?

Soriano haussa les épaules.

– Un client me l'a donné.

– Un client te l'a donné ?

– Un client qui n'avait pas de quoi me payer me l'a offert.

– Il te l'a offert ?

– Oui.

Brémont se leva, contourna le bureau et gifla Soriano. Les autres occupants de la pièce poursuivirent leurs activités sans manifester le moindre émoi.

– Je croyais t'avoir expliqué que nous ne sommes pas là pour rigoler.

Brémont regagna sa place, derrière le bureau.

– Continuons. Le propriétaire des revolvers a porté plainte. Il a déposé une liste et des photos des objets volés, dont celle du revolver que t'a offert ce client si généreux. Ce revolver est numéroté. L'identification a donc été très simple et très rapide. Tu n'as pas de chance : un de nos collègues est passionné d'armes anciennes. Et aujourd'hui, avec Internet, tout ça va beaucoup plus vite qu'avant. Dans la villa, tu as aussi volé un tableau, un bibelot et un meuble. Un type comme toi ne sait ni choisir ni vendre ce genre de chose. Inutile d'être génial pour deviner qu'il s'agissait d'une commande. D'autant plus qu'il n'y a pas eu effraction, ce qui veut dire que tu avais les clés... Tu me suis ?

Soriano respectait d'ordinaire un principe de base : toujours nier. Néanmoins, ses pensées s'embrouillaient et il ne savait toujours pas quelle ligne de défense adopter.

– On m'a donné ce revolver, répéta-t-il avec un air buté.

Brémont se dressa au-dessus de son bureau.

– Tu me prends pour un con ? Tu veux une autre claque ?

Soriano haussa encore les épaules.

– Je ne comprends pas.

– Eh bien tu vas finir par comprendre : ton copain Maupuis, alias Chiqui, t'a balancé. Tu ne vas pas me dire que tu ne le connais pas ? Cinquante personnes t'ont vu plusieurs fois au bistro avec lui. Peut-être que tu aurais préféré porter le chapeau et que tu n'aurais jamais donné Maupuis. Nos collègues n'auraient jamais retrouvé le tableau et les meubles. Mais, manque de pot, Chiqui s'est fait serrer. L'antiquaire à qui il a vendu tout ça l'a balancé. Il avait un alibi pour la nuit du casse, bien entendu, mais comme nous ne sommes pas nés de la dernière pluie nous avons tout de suite compris la combine. En général, ça se passe plutôt dans l'autre sens, nous chopons le type d'en bas, l'exécutant, toi, et nous remontons le plus haut possible. Nous savons aussi comment Chiqui s'est procuré les clés, mais je ne vais pas te raconter toute l'histoire. Si un jour tu te retrouves en taule avec Maupuis, tu pourras toujours lui demander les détails. Mais bien sûr, tu te demandes pourquoi on est là aujourd'hui, au Quai des Orfèvres, à parler d'un casse aussi minable. C'est que, vois-tu, Chiqui ne s'est pas contenté de s'allonger pour le casse, il a proposé un deal à nos collègues. Une grosse affaire en échange d'un peu d'indulgence. Ce n'est peut-être pas très moral, mais ce sont des choses qui se font. Et ce n'est pas toi, un assassin, qui vas nous donner des leçons de morale, n'est-ce pas ?

– Je ne suis pas un assassin ! hoqueta Soriano.

Brémont croisa les bras.

– Moi, mon petit père, je veux bien te croire. D'après ce qu'ont constaté les experts, une seule arme a été utilisée. Peut-être que tu t'es contenté de faire le pet, et même que tu ne savais pas ce qui allait se passer. Si tu réussis à convaincre les juges et les jurés, tu pourras t'en tirer un peu mieux. J'espère que tu as les moyens de te payer un bon avocat. Il n'y en a pas un à qui tu tailles des pipes, par hasard ? Tu pourrais le payer en nature, au parloir.

– Il faut des preuves pour m'accuser. Chiqui, c'est bidon, il a inventé ça pour s'en tirer.

Brémont se départit pour la première fois de son expression sévère pour afficher un sourire ironique.

– Je vois que tu es un garçon qui s'intéresse au fonctionnement de la justice. Dans ton pays je ne sais pas, mais dans le nôtre il faut des preuves pour condamner les gens, même les gens aussi peu intéressants que toi. Mais des preuves, nous allons probablement en avoir très vite. Tu sais aussi comment ça marche, la police scientifique ? On a des types très forts. Toi, tu ne veux pas parler, mais eux ils arrivent à faire parler un bout d'ongle ou un cheveu. Et figure-toi qu'on a justement retrouvé des cheveux dans la voiture que vous avez utilisée. Ça n'est pas prudent de porter une queue de cheval quand on fait des coups de ce genre.

Soriano se sentit saisi par sa queue de cheval. Un second policier, qu'il n'avait pas entendu approcher, passa une paire de ciseaux devant ses yeux, frôla sa gorge puis coupa une mèche de cheveux qu'il glissa dans un sachet de plastique transparent.

– Tu as entendu parler de l'ADN ? Les preuves, c'est une affaire d'une heure ou deux.

21

Un signal d'alarme se déclencha dans le cerveau de Casado dès qu'il eut franchi la porte de la chambre 412. La demi-obscurité qui régnait dans la pièce mit ses sens en alerte. Pourquoi avait-on tiré les rideaux ? Il s'immobilisa et s'efforça de discerner une présence. Il demeura figé pendant quelques secondes. Quand ses pupilles se furent accommodées à la pénombre, il distingua l'enveloppe à sa place habituelle, sur le petit bureau. Néanmoins quelque chose n'allait pas. La porte de la salle de bains était entrouverte. Il se plaqua dos au mur et progressa dans cette position jusqu'à cette porte dans laquelle il flanqua un violent coup de pied. Le choc produisit un bruit sourd accompagné par un cri de douleur. Casado se trouva en face d'un homme armé d'un pistolet équipé d'un réducteur de son, qui tenait entre ses mains son visage ensanglanté. Il saisit son poignet pour écarter l'arme en même temps qu'il lui lançait un furieux coup de tête qui le frappa à la base du nez. Cette fois le type s'effondra et lâcha son flingue que Casado, de la pointe de sa bottine, projeta à l'autre bout de la salle de bains.

Il s'accroupit à côté de sa victime qu'il entreprit de fouiller méthodiquement. Il découvrit d'abord un couteau à cran d'arrêt dont il fit jaillir la lame, puis un portefeuille qu'il glissa dans sa poche, et enfin un trousseau de clefs dont il s'empara également. L'autre se mit à grogner et à bouger, mais se calma instantanément quand Casado appuya la pointe du couteau sur sa gorge.

– Tu n'es pas très professionnel, mon pote, dit-il d'une voix neutre marquée par son accent latino. Qui t'a envoyé ?

– Si je te le dis, je suis mort.

– Je crois que tu es mort de toute façon. Mais il y a des façons plus ou moins rapides de mourir.

– Je n'ai rien de personnel contre toi. Faisons un marché.

– Quel genre de marché ?

– Je réponds à tes questions et tu me laisses vivre. Ça ne t'avancera à rien de me tuer, ils en enverront un autre et tu ne sauras ni qui, ni quand, ni où.

– Alors qui t'a envoyé ?

– Commence par écarter ce couteau, ensuite nous pourrons parler.

Casado replia le couteau et alla ramasser le pistolet.

– D'accord, je te laisse une chance. Lève-toi, mets les mains sur ta nuque, retourne-toi, marche lentement et va t'asseoir dans le fauteuil.

L'inconnu exécuta docilement ces ordres. Casado prit place en face de lui, sur le rebord du lit.

– Maintenant, tu peux poser tes mains sur les accoudoirs, mais ne les bouge pas. Je t'écoute.

– Nous faisons le même métier, plaida l'inconnu.

Casado le dévisagea. Ils avaient plus d'un point commun : le type avait la même taille et la même corpulence que les siennes. Son visage était émacié, son regard n'exprimait pas la peur.

En revanche, son accent était très différent. Casado ne parvint pas à l'identifier.

– Alors tu sais qu'on ne fait pas de sentiment, dit-il.

– Je ne te demande pas de me faire un cadeau, je te propose un marché qui te permettra peut-être de sauver ta peau. Mais je ne parlerai que si tu me donnes des garanties.

– Et si je te faisais parler d'une autre façon ?

– Ce serait très désagréable pour moi, mais ça te ferait perdre du temps. À mon avis, tu n'as pas intérêt à traîner ici.

Casado alla prendre l'enveloppe sur le bureau. Comme il s'y attendait, elle était vide.

– Quelles garanties veux-tu ?

– Je parlerai, mais dans un endroit où tu ne pourras plus me tuer sans te faire prendre. Au bar de l'hôtel, par exemple, ou dans un café.

– Et qu'est-ce qui me garantit, à moi, que tu vas parler.

– Si je sors d'ici avec toi, ceux qui m'ont envoyé penseront que je les ai trahis, même si je n'ai rien dit. Ça ne changera plus rien pour moi de parler ou pas.

– Ils surveillent l'hôtel ?

– C'est possible.

– Tu es venu seul ?

– Je travaille toujours seul. Je ne prends pas le risque d'engager un type qui peut me doubler. C'est ce qui t'a perdu.

– Qu'est-ce que veux dire ?

– Ton associé, le *maricón*, a parlé. Il ne faut jamais travailler avec des pédés. Ils ne sont pas fiables. Mais, je t'en prie, ne restons pas ici.

– D'accord, allons au bar, mais si tes réponses ne me conviennent pas, je te tuerai, même devant cinquante personnes. C'est clair ?

Casado prit ses Ray-Ban dans la poche de sa veste et les ajusta sur son nez.

– Si je te tue en public, les témoins ne me reconnaîtront pas. Les témoins ont beaucoup trop la trouille, ils ne reconnaissent jamais personne. Passe devant moi, mets les mains dans tes poches et ne les sors pas sans mon autorisation.

Casado ouvrit lui-même la porte et, d'une bourrade, projeta l'autre en avant puis le rejoignit après quelques secondes d'attente. Le couloir était désert. Les deux hommes se retrouvèrent face à face dans la cabine d'ascenseur qui s'immobilisa au deuxième étage pour laisser monter un couple d'Américains dans la cinquantaine. La femme, une blonde grande et mince, semblait pleine de vitalité, mais l'homme paraissait usé.

– Il y a des gens qui ne vont pas ensemble, commenta l'otage de Casado pendant qu'ils traversaient le hall. Tu ne trouves pas ? Tu as vu comment la femme nous regardait ?

– Je trouve que tu parles trop, et pas du sujet qui m'intéresse.

– C'est la peur qui me rend bavard. Tu n'as jamais peur, toi ?

– C'est mon problème.

Casado parcourut le bar des yeux à la recherche d'une table d'où il pourrait surveiller la salle.

Il s'installa dans un angle, dos au mur, fit asseoir l'autre en face de lui et écarta un lourd cendrier d'acier qui pouvait faire une arme redoutable.

– Pose les mains sur la table. Quand le garçon t'aura servi, tu ne toucheras pas à ton verre.

– Tu penses à tout, mais tu n'as pas pensé que ce pédé allait te trahir.

– Raconte.

L'homme se pencha vers lui avec un petit sourire.

– Soriano s'est fait serrer par les flics, pour un casse. Et il a parlé.

– Comment le sais-tu ?

– Les gens qui me paient me l'ont dit. Ils ne veulent pas que les flics remontent jusqu'à toi.

– C'est stupide, je ne fais pas partie des gens qui s'allongent et, de toute façon, je ne sais rien.

– Peut-être, mais ils n'en sont pas sûrs. Ce sont des gens qui ne prennent pas de risques. Maintenant que j'ai raté mon coup, je suis mort moi aussi.

Voyant que le serveur se dirigeait vers eux, Casado baissa la voix.

– Si tu ne veux pas mourir tout de suite, il faut me donner des noms, des adresses et des explications.

Il commanda une bière et l'autre une vodka.

– Laisse-moi boire un coup, j'en ai besoin.

– Si tu me lances le verre à la figure ou un truc de ce genre, tu prends une balle, OK ?

Le type inclina la tête et s'empara avidement de son verre. Ses mains tremblaient.

– Je t'ai demandé des noms, des adresses et des explications.

– Ce sont des Américains. Ochoa n'a pas tenu les promesses qu'il leur a faites du temps où il était ministre dans son pays. Ils t'ont engagé sur la recommandation d'un type qu'on appelle Chiqui. C'est aussi un pédé et une balance.

– Et ces Américains ?

– Très dangereux. Je n'en suis pas sûr, mais ce sont plutôt des barbouzes que des truands. Tu vois, tout ça, c'est un paquet de merde, nous avons fait une connerie en travaillant pour ces gens-là parce qu'on ne sait jamais à qui on a affaire. Il y en a toujours un autre derrière celui qui passe la commande.

– Tu les connais comment, ces Américains ?

– Je les ai connus pendant la guerre, dans mon pays, en Croatie.

Casado étala le contenu du portefeuille sur la table et déplia un permis de conduire.

– David Mosconi, ce n'est pas un nom croate, ça...

– Dans notre métier, *compañero*, il faut parfois avoir plusieurs noms. Écoute-moi, toi tu es argentin...

– Chilien, rectifia Casado, qui était fier de sa nationalité.

– Bon chilien, moi je suis croate. C'est idiot de nous entretuer en France pour ces Américains.

– C'est le métier et c'est toi qui étais payé pour me tuer. Combien t'ont-ils donné ?

– Cinq mille à la commande.

– Cinq mille quoi ?

– Cinq mille euros.

Casado eut une moue dégoûtée.

– Tu casses les prix. Moi, j'ai eu le double pour Ochoa. Et il faut toujours se faire payer en dollars.

– Je t'assure que c'est le tarif. Sans doute que Ochoa valait plus que toi.

– Tu n'y connais rien ! Peut-être que tu es bon pour faire la guerre dans les montagnes, dans ton pays, mais ici, tu ne vaux pas un clou. Moi, si je t'avais attendu dans la chambre, je ne t'aurais pas raté, crois-moi.

– Qu'est-ce que tu aurais fait de plus que moi ?

– Pour commencer, je ne me serais pas planqué dans la salle de bains. Je t'aurais attendu devant la porte et j'aurais tiré tout de suite. Il faut toujours tirer tout de suite quand on a sa cible en face de soi.

– On pourrait s'associer. Tu m'apprendrais tes trucs.

– Tu ne manques pas d'air. Estime-toi heureux si je te laisse partir entier. Je veux des détails sur ces Américains.

– Nous sommes dans la même galère. Ils vont payer quelqu'un d'autre pour nous tuer tous les deux. Ou bien ils feront le boulot eux-mêmes. Nous avons intérêt à nous associer pour nous défendre. Je te donne les détails sur les Américains si tu marches avec moi. À deux, nous avons davantage de chances de nous en tirer.

– Ce n'est pas sûr du tout. Toi, tu mourras parce que tu es nul, moi je m'en sortirai parce que je suis un professionnel.

Passant outre aux ordres de Casado, le Croate croisa les bras sur sa poitrine.

– Alors tue-moi tout de suite. Tu n'auras pas les détails. Ici, tu ne peux pas me torturer pour me faire parler.

Casado posa le couteau à cran d'arrêt sur la table.

– Je peux te crever les deux yeux et te laisser aveugle.

– Tu ne ferais pas ça.

– Je me gênerais ! Vous autres, les Croates, vous avez fait des trucs bien pires.

– C'était la guerre et tu confonds avec les Serbes et les Bosniaques.

– Tu parles beaucoup trop. J'en ai assez de perdre mon temps avec toi. Tu me donnes ces détails et ensuite je verrai ce que je ferai avec toi. C'est mon dernier mot. Qu'est-ce que je fais ? Tu préfères que je compte jusqu'à cinq ou je te tue tout de suite ?

– Ça va. Je vais te donner ces détails. Les Américains, ce sont ceux qu'on a rencontrés dans l'ascenseur.

– Quoi, les deux vieux ? L'homme et la femme blonde ?

– Oui, ils ont fait semblant de ne pas me connaître, mais maintenant ils savent que j'ai raté mon coup. Peut-être qu'ils nous attendent dehors, dans une voiture, ou qu'ils ont fait venir d'autres types que nous ne connaissons pas. De toute façon, ils vont nous tuer tous les deux.

Casado serra les lèvres, demeura un instant silencieux et immobile, puis il tendit son portefeuille et ses clés au Croate.

– Tiens, prends tes affaires, je garde le flingue, je m'en sers sûrement mieux que toi. Je vais t'expliquer exactement ce que nous allons faire. Et tu as intérêt à m'obéir si tu veux vivre.

22

Extrait du *Parisien*
Attentat devant l'hôtel Hilton :
Deux diplomates américains assassinés

*Hier, en fin d'après-midi, une fusillade a éclaté devant l'hôtel Hilton du 14*e *arrondissement, entre des inconnus et deux diplomates américains. Selon les témoins, les agresseurs ont tiré sur la voiture dans laquelle se trouvaient les diplomates qui ont riposté. Elisabeth Varshawski, attachée culturelle auprès de l'ambassade, et John Corman, conseiller commercial, frappés par plusieurs projectiles, ont été conduits à l'hôpital américain de Neuilly et ont succombé à leurs blessures malgré tous les efforts des médecins. On ignore si l'un des agresseurs a été blessé. Dans une courte déclaration, le porte-parole de l'ambassade, Robert Pringler, a exprimé son indignation et sa solidarité à l'égard des familles des victimes. Il a par ailleurs expliqué qu'une partie du personnel de l'ambassade bénéficie de ports d'armes en raison des menaces terroristes.*

Cet attentat, qui n'a pas été revendiqué pour le moment, suscite une vive émotion dans les milieux diplomatiques. Certains commentateurs redoutent que ce double meurtre marque le début d'une vague d'actions terroristes, mais d'autres, qui ne souhaitent pas être cités, laissent entendre qu'il pourrait s'agir d'un règlement de comptes sans relation avec la situation politique. L'enquête a été placée sous la direction du juge Paul Serpette et confiée à la Brigade Criminelle. Les enquêteurs demeurent très discrets. Ils se sont contentés d'affirmer qu'ils n'écartaient aucune hypothèse et n'ont donné aucune précision sur les armes utilisées par les assaillants et les diplomates.

*

Extrait de *Libération*
Le tueur présumé cherchait un emploi de barman

Neuf heures du matin. Un groupe de trois policiers de la brigade du métro dirigés par le lieutenant Agostini procède à des contrôles de routine dans les couloirs de la station Stalingrad. Soudain, un homme fait demi-tour à l'approche des policiers qui opèrent pourtant en civil. Sans doute a-t-il le flair pour repérer le danger. Mais il est trop tard et, avec sa queue de cheval brune, l'inconnu est facilement repérable. Après une courte cavalcade, il est ceinturé par les hommes d'Agostini. Le lieutenant ignore encore qu'il a fait une grosse prise. Il croit avoir affaire à un étranger en situation irrégulière comme il en rencontre chaque jour, et qui sera vraisemblablement relâché après quelques heures de garde à vue. À moins qu'on ne l'envoie dans un centre de détention spécialisé en attendant que son jugement d'expulsion soit prononcé. Daniel Soriano, un Chilien, présente en effet un permis de séjour grossièrement falsifié, mais il ne figure sur aucun fichier.

Pourquoi, dans ces conditions, les policiers ne vont-ils pas se contenter d'un contrôle de routine et expédier ce personnage au Quai des Orfèvres ? Mystère. Toujours est-il que le lieutenant Belmont de la Brigade Criminelle reçoit un beau cadeau. Un simple examen d'ADN va lui permettre d'établir que Soriano a participé à l'assassinat d'Enrique Ochoa, un ex-ministre bolivien en exil, le 22 septembre dernier, à son domicile parisien. Le second tueur aurait lui aussi été identifié mais demeure introuvable. Selon un policier de la Crim qui préfère conserver l'anonymat, Soriano ne serait vraisemblablement qu'un second couteau qui ignorerait les commanditaires du meurtre et leurs motifs. Le contrat aurait été passé avec un professionnel qui aurait lui-même recruté Soriano.

Un détail paraît confirmer que ce personnage n'a ni envergure ni relations. Au moment de son arrestation, Soriano cherchait en effet à se faire embaucher comme barman, comme semblent le prouver les annonces qu'il avait cochées sur un journal et sa tenue vestimentaire. On s'interroge donc sur les circonstances qui ont permis à la Crim' de réaliser ce coup de filet, trop beau pour être le seul fait du hasard, en prenant l'initiative de comparer l'ADN de ce second couteau avec celui de cheveux prélevés dans le véhicule utilisé par les tueurs. Il est permis de supposer que la relative discrétion des enquêteurs vise à protéger un indicateur qui a vraisemblablement donné Soriano. En attendant d'être présenté au juge Lucien Serpette qui instruit l'affaire, Soriano a été incarcéré à Fleury-Mérogis.

23

Allongé sur son lit, Soriano feuilletait distraitement un vieux numéro de *Paris-Match* quand le grincement caractéristique de la serrure le fit sursauter. C'était son deuxième séjour à Fleury, pourtant trois semaines ne lui avaient pas suffi pour s'habituer aux brusques intrusions des matons dans la cellule. « En centrale, ils frappent avant d'entrer, lui avait affirmé un autre prisonnier, sauf s'ils ont décidé de t'emmerder. Après ton procès, ils te mettront sûrement en centrale. » La presse avait abondamment parlé de son affaire de sorte que tout le monde savait pourquoi il était là. Cette situation lui conférait un certain statut. En prison, hormis les assassins d'enfants, les tueurs font partie des détenus qu'on respecte, ou du moins dont on se méfie. Ses deux compagnons de cellule, deux misérables dealers de banlieue, n'étaient pas loin de le considérer comme un caïd. Au point que, dès son arrivée, ils lui avaient abandonné la meilleure place, celle du dessus, alors que l'usage voulait que le nouveau venu couche sur un matelas disposé à même le sol qu'il devait replier le matin.

La porte de la cellule s'entrebâilla sur le visage poupin de Big Mac. Tous les surveillants avaient leur surnom. Soriano ignorait pourquoi on appelait celui-ci Big Mac – il n'était pas si gros que ça.

Big Mac lui fit signe, en remuant son index.

– Soriano, le chef veut te voir.

Sous les regards indifférents des deux autres, Soriano sauta lestement sur le sol et, d'un pas nonchalant, s'engagea derrière Big Mac. Un second maton verrouilla la porte de la cellule. Le Chilien ne se déplaçait jamais sans être accompagné par deux surveillants. Il avait été classé DPS[10] et, à son arrivée, il avait été question de le mettre en isolement, mais son apparente docilité semblait avoir rassuré les autorités de l'établissement qui, de plus, manquaient de place.

Le « galon d'or », un homme sec à qui il était difficile de donner un âge, l'attendait dans un bureau qui occupait approximativement la surface de deux ou trois cellules. Soriano s'immobilisa respectueusement à quelques pas du surveillant-chef. Les deux autres l'encadrèrent, comme s'il risquait de se jeter sur leur supérieur, mais celui-ci leur fit signe de vaquer à leurs occupations.

Le surveillant-chef ajusta ses lunettes pour dévisager le détenu, puis se frotta pensivement le nez.

– Soriano, Soriano... Un poste au service général, ça te tenterait ?

– Pourquoi pas, chef, répondit prudemment l'intéressé.

– Paraît que tu as des compétences de cuisinier.

– Absolument, chef, je fais très bien la cuisine. J'ai même quelques spécialités...

– Tes spécialités ne m'intéressent pas. On ne va tout de même pas te détacher au mess. Si tu sais faire

10. Détenu particulièrement surveillé.

la tambouille, ça me suffit. Tu sais que je te fais une fleur ? DPS, normalement tu devrais rester au trou toute la journée et faire la promenade dans la cour grillagée. Tu me suis ?

– Je sais tout ça, chef.

– Enfin, on manque de bras aux cuisines et on a pensé à toi. Profites-en. Grelier, emmenez-le aux cuisines.

Cette fois Grelier alias Big Mac fut seul à l'escorter.

– Le service général au bout de trois semaines, alors que tu es DPS, tu as un sacré bol, mon pote, lui glissa-t-il. C'est la première fois que je vois ça en dix ans de carrière. Tu ne taillerais pas des pipes au patron ?

– Il n'est pas du tout mon genre, assura Soriano.

Après avoir traversé un sas et plusieurs couloirs, ils parvinrent aux cuisines où s'activaient une demi-douzaine d'hommes dont les bonnets et les tabliers blancs firent plutôt bonne impression à Soriano.

– Ils vont t'expliquer ton boulot, annonça Big Mac, qui semblait pressé de s'éclipser.

Un grand gaillard coiffé comme ses compagnons d'un calot blanc s'avança vers Soriano. Quand il fut devant lui, il croisa les bras et le dévisagea avec un sourire engageant.

– Tu ne me reconnais pas ?

Soriano l'observa à son tour, perplexe et vaguement gêné. L'autre retira son calot, dévoilant un crâne presque rasé et des oreilles décollées.

– Tu me remets mieux, mon grand ?

Il avait dû le rencontrer quelque part, son visage ne lui était pas inconnu, mais il ne parvenait pas à l'associer à un souvenir précis. Puis d'un seul coup, la mémoire lui revint. C'était un gars qu'il avait levé dans une boîte de la rue Sainte-Anne. Leur histoire avait duré une petite semaine, puis l'autre avait disparu du jour au lendemain.

– Julien ! Je ne m'attendais tellement pas à te trouver là...

– Et moi non plus figure-toi. Mais j'ai appris ton affaire par le journal et l'autre jour, je t'ai aperçu à la fin de la promenade, au moment où les matons vous faisaient remonter. Alors, je me suis dit...

Julien le prit par l'épaule et l'entraîna à l'écart des autres cuistots qui poursuivaient leur travail sans donner l'impression de s'intéresser à eux.

– Tu vois, moi aussi j'ai plongé. J'ai déjà tiré pas loin de treize mois, avec un peu de chance je vais sortir dans six mois. Le JAP [11] m'a à la bonne.

Soriano avait appris qu'on ne pose pas ce genre de question en prison, néanmoins il ne résista pas.

– Tu as plongé pour quoi ?

Julien cligna de l'œil en serrant son épaule.

– J'avais un business qui ne marchait pas trop mal, genre export de bagnoles vers l'Afrique et les pays de l'Est, à prix discount, tu vois le topo ?

Soriano se souvenait en effet qu'il lui avait offert la tournée des grands ducs dans une grosse cylindrée. Ceci expliquait cela.

Nouveau clin d'œil.

– Le juge a estimé qu'il s'agissait d'un trafic. Question de point de vue, n'est-ce pas ?

– *Claro.*

Julien éclata de rire. Un rire sonore. Quelques cuistots se retournèrent.

– Faut dire qu'il y avait dans le lot un certain

11. Juge d'application des peines.

nombre de tires volées. Mais toi, mon grand, d'après ce que j'ai compris, ils veulent te mettre un crime sur le dos. C'est mauvais, ça. Qu'est-ce qu'ils ont exactement contre toi ?

Trop content de trouver pour la première fois une oreille attentive, Soriano lui raconta ses mésaventures par le menu.

Julien balança la tête, avec l'expression de l'homme qui fait la part des choses.

– Bon, ils n'ont que cette histoire de cheveux et d'ADN. Tu n'as pas signé d'aveux ?

– Rien du tout.

– Alors ça peut très bien s'arranger. Pour le casse, il n'y a pas effraction. On t'avait filé les clés. Tu as effectué un déménagement pour le compte d'un ami. Tu ne pouvais pas savoir qu'il s'agissait d'une arnaque. Pas vrai ?

– Il y a le flingue de collection que j'ai gardé et la dope.

Grimace.

– La dope, ça fait toujours mauvais effet sur les juges, même si c'était pour ta conso perso. Mais, avec un bon avocat, si tu n'as pas de casier, tu peux t'en tirer avec un an ferme, peut-être même six mois.

Le moral de Soriano fit un bond, puis retomba.

– Pour l'avocat, je n'ai pas de fric.

La main se serra à nouveau sur son épaule.

– Pour la thune, on peut s'arranger. Et si tu n'as pas d'avocat, j'en ai un génial...

– Eh bien, je ne sais pas...

Troisième clin d'œil. La main se fit caressante.

– Mais si, tu sais très bien. Je suis très intéressé.

La main lâcha son épaule, descendit le long de son dos et effleura ses reins.

– Bon, on va avoir tout notre temps pour parler de ça, mais faut tout de même qu'on fasse semblant d'aller bosser.

– Ça consiste en quoi, mon boulot ?

– Je vais t'expliquer, ma grande. Ne t'affole pas. Ici, c'est un peu moi qui fais la loi. Les matons ne peuvent pas me refuser grand-chose, parce qu'ils touchent sur les plats cantinés. [12]

– Tu as l'air de bien te démerder, observa Soriano, impressionné.

– Bof, on survit comme on peut. Mais, quand je sors, c'est fini. Tu vois, je vais avoir quarante ans et j'ai passé l'âge des galères. Je vais monter une petite affaire peinard, et en règle.

– Quel genre ?

– Un resto, un truc dans ce genre-là. J'ai toujours aimé la bonne bouffe.

Ils rejoignirent les autres cuistots. Un homme aux avant-bras musclés et tatoués s'approcha d'eux, un couteau de cuisine à la main. Soriano croisa son regard et eut le sentiment qu'il n'était pas le bienvenu.

– Tu ne nous présentes pas ?

– Mes camarades, voici Daniel. C'est un ami. Comme qui dirait... mon associé. Ça me ferait plaisir que tout le monde le considère aussi comme un ami. Et ceux qui ne le considéreraient pas comme un ami ou qui auraient à se plaindre de lui, c'est à moi qu'ils s'adressent. Il y a des questions ?

12. Plats supplémentaires de meilleure qualité vendus aux détenus par l'administration pénitentiaire.

24

– Vous avez de la visite, monsieur Gazier.

– De la visite ?

Depuis dix jours, en dehors du personnel de l'hôpital, il n'avait vu personne et il n'avait d'ailleurs envie de voir personne. D'autant qu'il ne devait pas être très présentable et que ses idées n'étaient pas encore bien claires. Qui d'ailleurs pouvait s'intéresser à lui, sinon d'autres journalistes vampires en mal de sensationnalisme ?

Devant son air ahuri, l'infirmière émit un petit soupir et écarta les mains.

– C'est à vous de décider. Vous n'êtes pas obligé de rencontrer qui que ce soit, mais ça vous changerait les idées. Vous n'avez tout de même pas l'intention de prendre pension ici ? Vous savez que nous manquons de place...

Elle s'adressait toujours à lui sur un mode un peu agressif et n'hésitait pas à le rudoyer de temps à autre, pour l'inciter à manger ou à faire une promenade par exemple, mais il avait très vite compris que cette apparente rudesse dissimulait une vive sensibilité et qu'elle suivait son évolution avec un intérêt sincère contrairement à certaines de ses collègues pour qui il n'était qu'un numéro de lit et de chambre.

– Alors, c'est oui ou c'est non ?

– Ce ne sont pas des flics ou des journalistes ?

– Elle n'en a pas l'air, mais on ne lui a pas demandé ses papiers, ni son nom.

– Une jeune femme très brune avec des yeux noirs et...

– Ça doit être à peu près ça...

Pierre sentit son rythme cardiaque s'accélérer.

– Vous pouvez lui demander d'attendre cinq minutes ?

Cette fois l'infirmière lui adressa un clin d'œil complice.

– Monsieur veut se refaire une beauté.

Il se précipita en effet dans le cabinet de toilette pour s'examiner dans la glace. Son apparence ne l'avait guère préoccupé depuis qu'il s'était réveillé sur un lit d'hôpital sans trop savoir ce qu'il y faisait. Il constata qu'une barbe de trois ou quatre jours mangeait ses joues et il y découvrit même quelques poils gris qu'il n'avait jamais remarqués jusqu'alors. Ses cheveux étaient sales et trop longs, alors qu'il avait toujours cultivé un style assez strict. Bref, il ne se plaisait pas du tout. Il se contenta néanmoins de se raser et de se coiffer, sans parvenir à mater quelques mèches rebelles qui rebiquaient au-dessus de ses oreilles, puis il enfila le seul T-shirt propre et à peu près correct dont il disposait car personne n'avait pris la peine de lui apporter ses affaires. Les infirmiers qui l'avaient chargé dans l'ambulance s'étaient contentés d'entasser pêle-mêle quelques effets pris au hasard et des accessoires de toilette dans le premier sac qui leur était tombé sous la main. Ils n'avaient pas songé à lui prendre des chaussures, de sorte qu'il portait une paire de baskets trop grandes et usées jusqu'à la corde que les infirmières lui avaient dégottée.

Au sortir du cabinet de toilette, il se trouva nez à nez avec Barbara.

– Je vous laisse, mais soyez sages, dit l'infirmière.

Pierre voulut manifester sa réserve, car il n'avait pas oublié la façon dont elle lui avait répondu au téléphone, mais Barbara noua ses bras autour de son cou et se serra contre lui.

Puis elle s'écarta pour le dévisager.

– Dis donc, tu as changé de coiffure. Ça te va bien, tu parais moins dur.

Ne sachant que dire, il demeura silencieux. Il s'assit sur le bord de son lit et Barbara prit place dans l'unique fauteuil de plastique.

– Tu sais que j'ai eu du mal à te trouver !

– Comment ça ?

– Eh bien, quand j'ai constaté que tu ne me rappelais pas, j'ai cru que tu me faisais la gueule et j'ai décidé de te laisser mariner. Il faut dire que tu n'étais pas très aimable au téléphone. Alors je me suis demandé... Enfin si tu me considérais seulement comme un coup facile qu'on largue vite fait bien fait. Dans ces situations-là, on se pose toujours des questions. On ne se connaît pas depuis très longtemps. Bref, j'ai attendu deux jours et je suis tombée sur ce papier de *L'Écho de la Garonne*, puis des gens m'ont parlé de l'émission de Canal 9 où ils te taillaient un costard. Je me suis dit, ce n'est pas possible. J'ai essayé de me renseigner, mais personne n'a été capable de me dire où ils t'avaient emmené. J'ai appelé les flics, les pompiers, le Samu et plusieurs hôpitaux, et même ici mais la standardiste n'a pas trouvé ton nom. Ensuite, je suis partie huit jours à l'Alpe d'Huez avec Sébastien, mon fils, pour les vacances scolaires. C'était une promesse que je lui avais faite depuis longtemps et le séjour était retenu...

– Tu n'as pas d'explications à me donner, coupa Pierre.

– Mais j'ai continué à appeler à droite et à gauche, et j'ai fini par apprendre que tu étais ici. Je suis rentrée hier soir et voilà... Entre nous, qu'est-ce qui t'a pris ?

– Disons que j'ai eu un coup de blues. Je me suis fait jeter de mon boulot, tout me tombe dessus en même temps...

Elle se pencha pour prendre la tête de Pierre entre ses mains.

– Tu sais, je suis capable de comprendre ce genre de situation. Moi aussi, au moment de ma séparation, j'ai failli craquer. Puis je me suis dit qu'il y avait Sébastien et qu'il avait besoin de moi...

– Mais moi, personne n'a besoin de moi...

– Qu'est-ce que tu en sais ?

– Un type bourré de problèmes, ça n'est pas très marrant à vivre.

– Bon changeons de sujet.

Elle ouvrit sa petite serviette de cuir et en sortit deux exemplaires de *L'Écho de la Garonne* et un du *Monde.*

– Cette fois, voici de bonnes nouvelles. Les flics ont arrêté l'un des assassins du Bolivien. Tu es complètement hors du coup. Le type de *L'Écho de la Garonne* s'est même fendu d'une mise au point.

Il parcourut les articles et jeta les journaux sur le lit sans les replier.

– Tu appelles ça une mise au point ? Ce salaud prétend qu'il ne m'a jamais accusé de quoi que ce soit ! Mais le pire, c'est l'émission de Canal 9.

– Tu devrais leur demander un droit de réponse.

Il eut une moue dégoûtée.

– Je ne veux plus entendre parler de cette histoire. Le mieux qu'il me reste à faire, c'est de changer de ville ou d'aller m'installer à l'étranger. Dans le temps, j'avais quelques relations en Afrique. C'est pour ça qu'ils m'ont pris pour une barbouze ! Tu te rends compte ! Ce sont vraiment des chiens et des nuls.

Il plongea son regard dans le sien.

– Tu n'as pas envie de partir avec moi ?

– Eh bien, c'est un peu difficile. J'ai une situation ici, deux associées et surtout mon fils. Son père ne le laissera pas partir. Et, si tu veux mon avis, ce n'est pas la bonne solution. À ta place, je prendrais le taureau par les cornes : j'irais voir mon patron et j'exigerais qu'il me reprenne avec des excuses. Je ferais peut-être même un procès à Canal 9 et j'essaierais de leur tirer du fric. Mais je ne suis pas à ta place, chacun réagit à sa façon.

– Tu as certainement raison, mais je ne suis pas encore très en forme.

– Au fait, qu'est-ce que tu as pris ?

Il lui donna le nom des médicaments dont il avait avalé deux tubes avec pas mal de whisky.

Elle se mit à rire.

– Je ne suis pas toubib, mais tout le monde sait que ça ne suffit pas pour se tuer. Ou tu es nul toi aussi ou...

– Ou j'ai voulu attirer l'attention sur moi, me rendre intéressant, c'est ça que tu veux dire ?

– Eh bien, les tentatives ratées sont généralement considérées comme des appels à l'aide. Ça aurait été plus simple de me passer un coup de fil...

Il renonça à lui répondre qu'il l'avait fait et avait mal interprété son attitude, mais il ne réussit pas complètement à dissimuler sa réaction.

– Tu ne t'es tout de même pas imaginé que je te

faisais la gueule pour une connerie d'article ? D'abord, à ce moment-là, je ne l'avais même pas lu, ensuite tu me connais mal... Bon, je t'aurais tout de même posé des questions. C'est normal, non ? Mais j'aurais commencé par écouter tes réponses avant de te condamner. Je ne te vois vraiment pas en barbouze. Sans vouloir te vexer, tu n'as pas le profil, ils ne voudraient pas de toi !

Cette boutade suscita un rire qui se transforma bientôt en fou rire. C'était sans doute la première fois qu'il riait ainsi de bon cœur depuis son hospitalisation.

– Tu ne me vexes pas, dit-il entre deux hoquets.

Ce fou rire gagna bientôt Barbara qui se réfugia dans ses bras. Il commençait à la couvrir de caresses quand une toux discrète se fit entendre à l'entrée de la chambre. L'interne.

– Bien, je ne doute pas que cette thérapie soit très efficace, mais le grand patron va bientôt faire sa tournée et les visites sont en principe terminées.

Barbara s'arracha à son étreinte et se tourna vers l'interne, riant toujours comme une folle, le visage ruisselant de larmes.

– Il va très bien, ce garçon. Qu'est-ce que vous attendez pour le jeter dehors ?

25

Printemps 200-

Un petit air de fête flottait dans le quartier de la Bastille. Des grappes de jeunes gens déambulaient dans la rue de la Roquette, formant une foule compacte qui envahissait la chaussée, bloquant les voitures dont les conducteurs prenaient leur mal en patience en reluquant les fesses et les petits ventres nus, plats ou délicieusement bombés, des jolies passantes. Toutes sortes de musiques s'échappaient des échoppes, la pop nord-américaine la plus basique se mélangeait au hard-rock, au jazz et aux *cumbias*. Nicole Sarlat se frayait tant bien que mal un passage dans cette masse joyeuse, non sans se faire héler de temps à autre par des mâles en manque et repousser quelques mains baladeuses. Se savoir désirée ne lui déplaisait pas, mais elle détestait qu'on la touche ainsi sans autorisation. Un an et demi après son débarquement à la gare de l'Est, elle avait complètement changé de style, troqué ses tailleurs et ses jeans sages pour des ensembles moulants, confié ses cheveux blonds et plats à un coiffeur habile qui leur avait donné du relief et des nuances plus chaudes, abandonné son maquillage de petite provinciale pour des rouges à lèvres pastel et des lotions autobronzantes discrètes qui donnaient en permanence l'impression qu'elle revenait des Bahamas. Elle n'aurait pas été jusqu'à porter ces petites brassières qui dégageaient les abdomens des adolescentes car elle était consciente d'avoir passé l'âge, mais elle ne méprisait pas les soutien-gorges à balconnets qui donnait du volume à une poitrine qu'elle estimait trop petite.

Au carrefour, Nicole fut encore draguée par deux bellâtres qui s'exhibaient dans une BMW décapotable rouge vif. Elle calma leurs ardeurs d'une grossièreté bien sentie qui l'aurait fait rougir deux ans plus tôt et se dirigea vers le restaurant *El Macho* dont l'enseigne scintillante se remarquait à cent mètres. Cette enseigne représentait un cavalier de néon chevauchant un taureau ailé. Des clients faisaient sagement la queue devant cet établissement, en espérant qu'une table se libère. C'était le dernier endroit à la mode où il fallait se faire voir et certains étaient prêts à patienter pendant une bonne heure pour avoir le privilège de poser leurs fesses dans les fauteuils de cuir et déguster les spécialités de la maison. Nicole dépassa la file d'un pas qui soulignait son assurance et sa supériorité sur le commun des consommateurs. Elle se heurta à un géant noir dont le maillot de corps soulignait les pectoraux puissants en même temps qu'il vantait les charmes des plages cubaines.

– J'ai rendez-vous avec Daniel Soriano, annonça-t-elle. Johanne Desroches de *Contemporaine*.

C'était désormais son nom de guerre inscrit officiellement sur la carte de presse qu'elle venait tout juste d'obtenir car Nicole Sarlat lui semblait trop plat.

Le Black vérifia ce nom sur une liste et appela un jeune homme au crâne rasé en chemise blanche et pantalon noir qui entraîna Johanne alias Nicole à l'intérieur du restaurant. Il se faufilait entre les tables avec une grâce qui donnait l'impression qu'il dansait au rythme des *cumbias* que déversait une puissante sono. On s'entendait à peine, mais ce vacarme ne paraissait pas gêner les convives. Ils atteignirent le bar où un serveur leur indiqua une petite porte. Le jeune homme frappa et poussa la porte sans attendre de réponse. Soriano, en chemise blanche lui aussi, un cigarillo au coin des lèvres, était installé derrière un bureau de style arts déco sur lequel était placé un élégant ordinateur à écran plat.

Il se leva, contourna son bureau, saisit Nicole par les épaules et lui colla d'autorité des bises sur les deux joues bien qu'il ne l'eût jamais rencontrée auparavant, puis l'invita à s'asseoir et prit place en face d'elle. Ce comportement la surprit un peu mais elle ne protesta pas.

– Comment trouvez-vous la maison ?

– Très sympa, mais un peu bruyant... Les gens doivent avoir du mal à parler.

– Vous trouvez ? Nous n'avons eu aucune remarque à ce sujet. Nos clients viennent pour l'ambiance et la cuisine, je ne crois pas qu'ils aient des grandes discussions sur la philosophie ou la politique.

L'accent de Soriano avait un charme auquel Nicole n'était pas insensible. Et ce type avait de beaux yeux. Pas du tout le patron de restaurant sur lequel elle s'attendait à tomber.

– Donc, vous êtes le créateur de l'établissement...

– Nous sommes deux associés, Lucien Sévérini et moi-même. Mais nous avons aussi des investisseurs qui détiennent la moitié du capital. Je regrette que Lucien ne soit pas là aujourd'hui, il est meilleur que moi pour tout ce qui concerne la gestion. Ma partie, vous voyez, c'est plutôt la cuisine, le décor, la musique, l'ambiance..

– C'est la partie la plus sympathique, ça me va très

bien. C'est surtout ce qui intéresse nos lectrices. Donc c'est vous qui avez eu l'idée ?

– Disons que nous l'avons eue ensemble. Lucien voulait lancer un restaurant, mais il n'était pas fixé sur le style. Rappelez-moi le nom de votre magazine.

– *Contemporaine*, le magazine de la femme branchée, nos lectrices ont entre dix-huit et trente-cinq ans, elles sont surtout citadines et elles sortent beaucoup, récita-t-elle. Nous tirons à trois cent mille, un des plus forts tirages de la presse féminine.

– Alors ça me convient très bien si vous nous faites de la publicité dans votre journal.

– Ce n'est pas de la publicité, mais de la rédaction ! gronda-t-elle gentiment en levant un index protestataire.

– De la rédaction, pardonnez-moi. Que voulez-vous savoir ?

Elle lui posa les questions traditionnelles sur sa cible de clientèle, ses concurrents, les musiciens qu'il faisait venir. Soriano répondit avec bonne volonté, sauf sur son itinéraire personnel et celui de son associé, sujet sur lesquels il demeura évasif. Puis, soudain, il la dévisagea.

– C'est curieux, dit-il, j'ai l'impression de vous avoir déjà vue quelque part.

Elle cita divers lieux qu'elle fréquentait, mais il secoua la tête.

– Non, ce n'est pas ça. Vous ne seriez pas passée à la télé ?

– Une fois en effet, sur Canal 9, mais ça fait plus d'un an.

– Je me souviens très bien de cette émission, mais vous avez drôlement changé de look, n'est-ce pas ?

– Vous êtes très physionomiste.

– Disons que cette émission m'intéressait particulièrement... Il y avait aussi le type aux grosses lunettes, Malcombe, et un jeune homme dont j'ai oublié le nom qu'on voit assez souvent.

– Gilbert Favart ?

– Je crois que c'est ça. Ce sont des amis à vous ?

– Eh bien, disons plutôt des relations.

Elle n'avait plus revu Gilbert depuis six mois et leur liaison avait pris fin peu de temps après l'émission. Leurs carrières aussi avaient pris des chemins différents. Gilbert était maintenant considéré à Canal 9 comme un homme plein d'avenir, alors que Nicole avait enfin réussi à se faire embaucher comme pigiste mensualisée par *Contemporaine*. En partie tout de même grâce à cette émission. On ne lui confiait pour le moment que des papiers sur les commerces et les lieux de sorties parisiennes à la mode, mais elle guignait la rubrique beauté dont la responsable approchait de l'âge de la retraite.

– Ce sont des relations intéressantes, dit Soriano. N'hésitez pas à parler d'*El Macho* sur Canal 9 !

– Allons, monsieur Soriano, votre restaurant refuse déjà du monde.

– Je vous en prie, pas de monsieur Soriano, Daniel.

– Alors, Daniel, pourquoi cette enseigne, *El Macho* ?

– Par dérision et un peu par provocation, parce que Lucien et moi nous sommes gays. Vous pouvez l'écrire, c'est de notoriété publique. Mais nous ne sommes pas sectaires. Vous avez vu notre clientèle ? Nous ne faisons pas de sondages mais la majorité est très certainement hétéro.

– Pardonnez-moi de revenir sur ce sujet, mais vous me disiez que cette émission vous avait particulièrement intéressé.

Le regard de Soriano s'assombrit.

– Ce que je vais vous dire est *off*, bien entendu. Je peux compter sur votre discrétion ?

– Absolument.

– Voyez-vous, il se trouve que j'ai été moi aussi mis en cause dans cette histoire. Un concours de circonstances stupide. J'ai d'ailleurs failli être victime d'une erreur judiciaire. La liberté et la dignité d'un homme tiennent à peu de chose. J'avais rencontré deux ou trois fois l'homme qui a commis ce crime, tout à fait par hasard. Il s'est fait descendre en Allemagne il y a un an et heureusement la justice m'a complètement blanchi.

Cette présentation des faits ne correspondait qu'en partie à la réalité car Soriano, s'il avait échappé à toute condamnation pour le casse sans effraction de Presles, avait tout de même écopé de six mois avec sursis pour détention de cocaïne et l'affaire Ochoa n'était pas complètement classée, mais, à force de répéter cette version il finissait par y croire. Il avait essuyé quelques larmes en apprenant la mort de Casado, dont la voiture avait explosé sur un parking de Cologne. Ce type avait toujours été réglo avec lui, à l'inverse de cette canaille de Chiqui qui n'avait pas intérêt à venir roder à proximité de son restaurant. Chiqui avait d'ailleurs disparu de la circulation depuis ces événements.

Soriano chassa ces souvenirs pour se concentrer sur sa visiteuse.

– Je préfère ne plus parler de cette histoire, conclut-il. C'est du passé. Ce qui m'intéresse, c'est l'avenir. Vous savez que, mon associé et moi, nous envisageons de monter une chaîne de restaurants une fois que nous aurons rôdé celui-ci ?

– Bravo ! lança Nicole, sincère.

Soriano se pencha vers elle, charmeur. Dommage qu'il soit gay...

– Et vous-même, Johanne, vous avez des projets ?

– Peut-être me remettre au journalisme d'investigation, quand j'aurais davantage de temps. Et peut-être écrire un livre un jour. Le journalisme d'investigation était ma vocation première, mais, voyez-vous, on se laisse coincer par le travail quotidien et on remet toujours au lendemain...

– Ne m'en parlez pas. La restauration, c'est soixante heures sur le pont, et pas une semaine de vacances depuis l'ouverture, mais je dois vous dire que ça me plaît. Vivre la nuit, c'est mon truc.

Elle déclina une invitation à manger un morceau ou boire un verre, car elle avait déjà dîné, tenait à préserver sa ligne et n'aimait pas trop cette salle bruyante et enfumée même si elle s'apprêtait à écrire le contraire. Après avoir quitté Soriano, elle remonta en direction de la place de la Bastille, à la recherche d'un taxi, au passage elle constata que le bistro dans lequel Gilbert l'avait invitée lors de leur première rencontre avait laissé la place à une boutique de fringues. Impossible de cultiver la nostalgie de cet instant. D'ailleurs elle n'éprouvait pas de nostalgie, bien qu'elle ne regrettât pas cette aventure. C'était une expérience parmi d'autres, avec ses côtés agréables et désagréables, mais en tout cas instructive et utile. Et, pas davantage que l'homme qu'elle venait d'interviewer, Nicole n'aimait s'attarder sur son passé.

Elle regardait elle aussi vers l'avenir qui pour l'heure était plein de promesses.

Ce volume a été composé
par IGS - Charente Photogravure
et achevé d'imprimer en août 2004
par Bussière Camedan Imprimeries
à Saint-Amand-Montrond (Cher)

N° d'édition : 01. — N° d'impression : 043140/4.
Dépôt légal : 49750-08/04
ISBN : 2702432565.